全都因为你

吻了　我
一个晚安

GOOD NIGHT MY LOVE

宁待　著

中国出版集团

现代出版社

我爬上了门，打开楼梯。
穿上祷告，说完了睡衣，
然后关了床，钻上灯。
全都因为你吻了我一个晚安。

第二天早上我醒来，搅了鞋，
擦亮鸡蛋，烤几片新闻，
我连左右都分不清，
全都因为你吻了我一个晚安。

到了傍晚我总算恢复正常，
于是我们再出去一趟，
你说"晚安"，又吻了我，
我急忙回家，然后……

我头发上扑粉，别好鼻梁；
我挂起淋浴，打开衣服；
把闹钟赶开，给猫上紧发条；
全都因为你吻了我一个晚安。

节选自诗人爱德华多·波拉的作品
《全都因为你吻了我一个晚安》

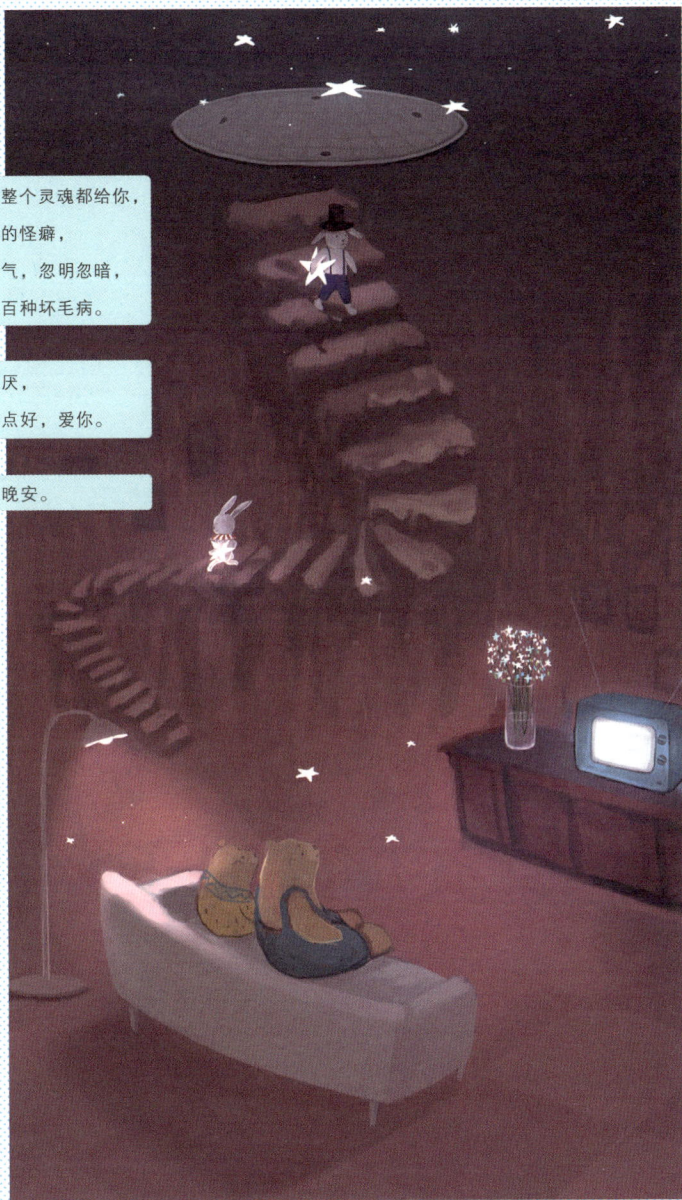

我把我整个灵魂都给你，
连同它的怪癖，
耍小脾气，忽明忽暗，
一千八百种坏毛病。

它真讨厌，
只有一点好，爱你。

那么，晚安。

我将于茫茫人海中，
访我唯一的灵魂伴侣。

得之，我幸；不得，我命。

那么，晚安。

在寻找的过程中，
纵使有多少的失望和伤痛，
也同样有恩爱深情。

两个孤单的灵魂，
合二为一。

那么，晚安。

想你时不想睡去，梦到你时不愿醒来。

那么，晚安。

前言

想听你睡前对我说"晚安"，好让我知道，你闭眼时想到的第一个人是我，你睡前说话的最后一个人是我，尽管在这一天 24 小时里，你可能只对我说这两个字。

亲爱的，你的一句晚安，我的一夜心安。

看不见你的时候，我就会肆无忌惮地想念你。你的身影越来越频繁地出现在我的眼前，渐渐地，一如呼吸一般，一秒钟也不中断，弄得我吃不好饭，睡不好觉。

可是一到晚上，你的一句晚安，就足以安抚所有的思念的情愫。你要知道，你的晚安对我很重要。

亲爱的，你的一句晚安，可以媲美满天星光。

不管通信方式多么流行和方便，"晚安"这句话，还是想亲口听你说。
你说的所有话语里，我最喜欢你的晚安，因为你总是把尾音放得很轻柔，好像在告诉我啊，你一定会有个好梦，于是我得到一夜好梦，于是我梦见你。

亲爱的，是你让我知道，爱一个人，是一天到晚，从早安说到晚安，晚安之后还想说晚安。

你的早安不能当饭吃，但会给我"我要好好吃饭"的信念；你的晚安不能当枕眠，但会给我"我能睡个好觉"的安心。

没有遇见你之前，我觉得生活应该充实忙碌；遇见你之后，我相信我们会骑着海马，到海里去漫游。

亲爱的，你的一声"晚安"，抵得过我四百八十万刹那的思念。

我们都过了耳听爱情的年纪，我不需要轰轰烈烈的爱情，我想要的只是一个不会离开我的人：冷的时候你会给我一件外套，胃里难受的时候给我一杯热水，难过的时候给我一个拥抱，就这么一直陪在我身边，不是整天说多爱多爱，而是认真的一句"有我在"。

我想最美好的爱情就是：我洗完澡了，你帮我吹干湿漉漉的头发；天气变凉时你披在我身上的外套；我生日时你给我的每一份惊喜；你不嫌弃我的体重叫我多吃的唠叨；清晨你叫我起床，夜里互道晚安的温柔。

亲爱的，我有一个美丽的愿望，就是在你的耳边说"晚安"。

每天晚上睡觉前的辗转反侧，就是为了等你一句晚安。因为对我而言，世界上最温暖的两个字，就是你的"晚安"。

亲爱的，我想我们就这样一直在一起，陪你说一世晚安！

也许你不知道，为什么每次我都愿意在我们聊天结束时，每次都以我的话为结尾，诸如"嗯嗯"之类毫无营养的，甚至把说过的晚安再重复一遍，不要以为我啰唆，我只是把话语中断的失落感揽到自己身上。

总会有一天，你的床头有我随意翻看的书，洗漱室的漱口水旁是我的粉底液，更衣室的白衬衫里夹杂着我的白裙，车副坐成了我的专属位置，朋友无一不知道你的样子，连夜晚独自在客厅等你归来都成了最幸福的小事，然后你在前方，我大步靠近并勇敢地握住你的手，听你低头说"我爱你"。

亲爱的，你的一句"晚安"，是我快乐的灯塔，足够照亮我所有的幸福。

深夜来临的时候，是一个人心灵最脆弱的时候，也是思念最疯狂的时候。其实一个人并不孤单，想念一个人的时候才是真正的孤单。思念一个人的滋味，就像欣赏一种残酷的美，然后用很小很小的声音，告诉自己坚强面对。

亲爱的，我想把你的喃喃细语，都收集在耳旁，变成耳环般的饰物。

每晚睡前你说的晚安，是最简单却又持久的幸福。可是，我希望有一天，可以不用看着手机屏幕对你说晚安，因为你就在我身边。

亲爱的，你可知我爱着你的心是如此温柔……

你永远也看不到我最寂寞时候的样子，

因为只有你不在我身边的时候，

我才最寂寞。

那么，晚安。

你的一句晚安，
可媲美
满天星光

PART
ONE

你的早安不能当饭吃，但会给我"我要好好吃饭"的信
念；你的晚安不能当枕眠，但会给我"我能睡个好觉"
的安心。没有遇见你之前，我觉得生活应该充实忙碌；
遇见你之后，我相信我们会骑着海马，到海里去漫游。

我看过你哭，

一滴明亮的泪涌上你蓝色的眼珠。

那时候，我心想，

这岂不就是，一朵紫罗兰上垂着露；

我看过你笑，

蓝宝石的火焰在你之前也不再发闪，

呵，宝石的闪烁怎么比得上，

你那一瞥的灵活的光线。

你的一句晚安，
可媲美满天星光

被爱的人也许不知道，
你的一句晚安，可媲美满天星光。
那么，晚安。

我爱你，因为你能唤出我最真的那一部分；我爱你，因为你穿越我心灵的旷野，就如同阳光穿透水晶般容易。

我的傻气，我的弱点，在你的目光里全都不存在，而我心里最美丽的地方，也被你的光芒照得通亮。

别人都不曾费心走那么远，别人都觉得我的冷漠难以穿透，别人都觉得寻找那部分太麻烦，所以没有人发现过它的美丽，所以也没有人到过这里。

与你共享我的秘密，让我懂得了快乐；与你分担我的心事，让我明白了温暖；与你谈心，让我懂得了温情；与你相守，我理解了幸福。

亲爱的，我还想与你一起，见证一生的含义。

我想在你的心里盖一间小屋，高兴了在那里挥拳欢呼，伤心了躲着放声痛哭。屋前有一条小路，屋后种一片毛竹。

亲爱的，有谁能替代心里的默契？有谁能读懂我的情怀？有谁能看透我的苦楚？有谁能望穿我眼里的忧郁？是你。

你的灵气席卷了我的心海，翻卷了我的心浪，像是引发了一场海啸，空前绝后。从未有过的幸福随你而来伴着我，我温暖，我安宁，有了归属的感觉，就像心灵的船儿驶进了安宁的港湾。

春天我会给你清新的爱，夏天我会给你绿荫般清凉的爱，秋天我为你洒下金色的爱，冬天一片片洁白的雪花便是我纯白的爱！

你不知道，我是多么留恋你我四目相对的那一刹，我是多么留恋你的手指穿过我长发的那一瞬，我是多么留恋你的唇吻上我的唇的那一刹；你不知道，那天我是多么希望你能把我的心带走。

我爱你，无须牵着你的手佯装幸福，我会在你身后默默地注视；我爱你，无须华丽的词藻表达，我会努力延续你快乐的笑声；我爱你，无须时时伴你左右呵护你……

因为我知道，你有你的天空，你有你的风雨，你哭了，我会递上一方纸巾，再告诉你这个世界还有我；你累了，我这有你栖息的肩膀，和你一起融入这生活。

看不见你的时候，我就会肆无忌惮地想念你。

你的身影越来越频繁地出现在我的眼前，渐渐地，一如呼吸一般，一秒钟也不中断，弄得我吃不好饭，睡不好觉。

可是一到晚上，你的一句晚安，就足以安抚所有的思念的情愫。你要知道，你的晚安对我很重要。

关于相遇有一种解释叫缘分，关于生命有一种信念叫轮回，而对于我有一种情结叫思念。如果真的有轮回，我希望每一次生命中都有你！

无论未来我变得如何强大，你仍然会是我的弱点，只因我爱你。

我不敢爱你，因为我怕你不会像我爱你一样地爱我；但我不敢不爱你，因为我怕没有人会像我一样爱你。

这个世界上有多少个人，"我爱你"就有多少种解释。而我眼里的爱你，不过就是熟悉你的习惯，记得你的喜好，我们之间有默契，跟你在一起做多无聊的事情都有趣，刚刚才分离，转头就在想念你。

每当夜晚，我仰望星空的时候，会看到所有的星星都在微笑，我就会很想你。

有的人我们看了一辈子，却忽视了一辈子。有的人我们看了一眼，却影响到我们的一生。有的人热情地为我们而快乐，却被我们冷落。有的人让我们拥有短暂的开心，却得到我们思绪的连锁。有的人一厢情愿了 N 年，却被我们拒绝了 N 年。

若干年后，你还会记得当年有个傻子为你一句"晚安"而等了一个晚上才安心入眠吗？

也许你不曾知道，你简简单单的一句"晚安"，却能让我无比安心，即使简单的话语，也能让我意乱情迷。

但我也知道，有些傻话，不但是要背着人说，还得背着自己。让自己听见了也怪难为情的。譬如说，我爱你，我一辈子都爱你。

我不知道明天会发生什么，但如果在今天，你问我最想要什么？我一定会说，当然是你的一句晚安。

因为对我而言，你的一句晚安，可媲美满天星光。

如果你累了，

我有一腔的温情和安定等着你。

那么，晚安。

你的晚安是一根灯绳，

轻轻一拉，"咔嗒"一声，就熄灭了整个城市的灯，

然后夜晚才真的到来。

我行过许多地方的桥，

看过许多次数的云，

喝过许多种类的酒，

却只爱过一个，

正当最好年龄的人。

你的一句晚安，可媲美满天星光

我已见过银河，
但我只爱你这一颗星

路过东京繁华，见过巴黎妩媚，

唯有你，

是我无论走到哪里都想要收入怀中的行李。

那么，晚安。

我希望我的爱情是这样的：相濡以沫，举案齐眉，平淡如水。我在岁月中找到他，依靠他，将一生交付给他。做他的妻子，他孩子的母亲，为他做饭，洗衣服，缝一颗掉了的纽扣。然后，我们一起在时光中变老。

我最希望的是——这个人是你！

请你牵着我手，然后相濡以沫地过这平凡而美好的一辈子。

我想，总有那么一天，我会变得皱皱巴巴，你会变得肥肥大大；我会变得叽叽喳喳，你会变得不爱说话。

吵架后的你会赌气地说："你会找到一个比我更好的人。"

消气了的我会微笑地说："但我不会再对人这么好了。"

等到老了的时候，看电视的我会突然说："老头子，你听是不是有电话？"

收拾屋子的你会惊讶地说："老婆子，那是谁的假牙？"

当初追我的时候，没让你费多大力气，所以今天旧账重提。

我总是对我当年的不矜持，后悔不已，你说我怎么就这么不小心，落在你的手里。

我们都不会游泳，我们都知道这没关系，反正我们最爱去的海滩才水深两米。

　　我愿意用后半辈子教你蛙泳，你说就算是狗爬式也没关系。

　　我说我最爱绿色的外套，你还有点儿嗤之以鼻。可是看你穿上之后，不也一样帅气？

　　情侣装就是要光鲜亮丽，不然别人怎么知道我们幸福甜蜜。

　　你问我怎么做到好几年的饭你都吃不腻？

　　好吧，秘诀今天就告诉你：

　　你说"老婆子，我想吃牛肉"，那我就给你做烧鸡；你说"亲爱的，我想吃面条"，那晚饭一定是咖喱。

　　我问你能不能恢复我过六一儿童节的权利？你说你知道我是想要耍小孩儿脾气。

　　我想要棉花糖，气球，还有巧克力。你得哄我开心，我才和你回家去。

　　我还会悄悄蒙上你的眼睛，让你猜我是谁。你说用闻的就知道我在哪里。

　　每一见到你，很多话总是说不出来；每一次离开你之后，又好像有很多话要告诉你。虽然我从没表白，但我很想说"我爱你"。

如果活着，是上帝赋予我最大的使命，

那么活着有你，将会是上帝赋予我使命的恩赐。

那么，晚安。

我爱你，就会在想起你时微笑，至于你是否明白我微笑的原因，我一点也不在意。就像风很舒服时我也微笑，太阳很舒服时我也微笑，而风和太阳就跟你一样，不会明白我微笑的原因。我怎么对待风和太阳，我就怎么对待你……

你不开心的时候，我陪你；你哭泣的时候，我陪你；你心情很不爽的时候，我陪你；你不想回家的时候，我陪你……

无论怎样，我都陪你，只因为你是我最爱的人，你就是我的音乐，你给我带来好听的音符。你是我的全部，你给我生命带来了色彩。

爱上了你，我才领略思念的滋味、分离的愁苦和妒忌的煎熬，还有那无休止的占有欲。为什么你的一举一动都让我心潮起伏？为什么我总害怕时光飞逝而无法与你终生厮守？

爱一个人有很多不同的方法。有的是用嘴巴说出来，一次次地重复说"我爱你"；有的是用态度来爱，撒娇、发脾气、折腾；还有一种是怎么都不愿说"我爱你"，但就是关心、照顾、守护……

是你让我知道，相爱的方法还有一种，那就是对你好——并且，只对你好。

自从遇见了你，谁我都不放在眼里；自从喜欢上你，谁都别想到我心里。

就算他的星星都换了方位，但北极星依然会在原地，就算别人都不了解你，甚至离开你，只要我守在原地，你就不会迷路。

我不会对你说对不起，因为你拿走了对我而言最重要的东西，你拿走了我的心，所以我一点也不觉得抱歉……

我们穷尽一生的时光去寻觅自己所爱的人，本来就是上帝赐予我们的天职。

在寻找的过程中，纵使有多少的失望和伤痛，也同样有恩爱深情。两个孤单的灵魂，合二为一。

你让我明白，爱情从来都不是寻觅，而是守护。

我们要走到最后，要结婚，要过日子，要相濡以沫，要携手终身。

以前我怀着这样的想法和你在一起，为了到花甲之年依然有句"我爱你"。

我们分担寒潮、风雷、霹雳，

我们共享雾霭、流岚、虹霓，

仿佛永远分离，却又终身相依。

这才是伟大的爱情，坚贞就在这里，

爱，不仅爱你伟岸的身躯，

也爱你坚持的位置，

足下的土地。

若你累了，
我有一腔的温情和安定等着你

如果我爱你，只要知道你在那里，知道你健康，

知道这份感情并没增加负累，知道能在某一日见到你，就可以了。

如果我爱你，就按照你认为安全舒服的方式，拥有你。

那么，晚安。

因为爱你，我更自爱。因为爱你，我知道我存在。因为爱你，我在成长。因为爱你，我对快乐和痛苦都有了深刻的感受。因为爱你，我才知道人生有许多无法满足的事。

　　因为爱你，所以心有皈依，所以感觉快乐，只为心有所想，所以不觉得寂寞，只为听听你的声音，看看有你的风景。

　　如果你累了，我有一腔的温情和安定等着你。

　　大千世界，路有各自的尽头，人有各自的归属。唯有你，我想抓住，想收藏，想回眸，想擦肩，更想天长地久。

　　如果风雨一定要让你承受，我只能默默祈祷，让我和你一起去分担。

　　你像一本典籍，让我悉心地珍藏，藏在心底深不可测、牢不可摧。

　　我愿意，用我三世繁华，换你现世安稳。

　　人生的风景在游走，心间的距离有多远？说一句想我，好吗？

　　不要沉默太久，不要随便找个借口，也不要把在意、关注、关爱装作不懂，虽然谁也看不到结局会是怎样，但我期待你说一句你想我，因为思念别人是一种温馨，被别人思念是一种幸福。

　　因为我在乎，我听的感觉不一样，因为是你说的，所以很欣慰。

　　前生，我带着希望，带着期待，为你回眸，穿越千年的尘风和烟雨，只为寻你的一个怀抱，容纳我的百般辛苦；今天，我顶着世俗，踏着热土，捧着虔诚，穿过寒暑，为你而来，颠簸辛苦，只为你的一抹微笑，风雨兼程，只为你一个眼神……

我喜欢独自一个人，直到你走进我的心里。那么，我只想和你在一起，我不喜欢独自一个人。

我想分担你的所有，我想拥抱你的所有，我想一辈子陪着你，我爱你，我无法抗拒，我就是爱你。

张小娴说，如果开心和悲伤时，首先想到的都是同一个人，那就最完美，如果开心和悲伤时，首先想到的不是同一个人，你应该选择想和他共度悲伤的那个，人生本来是苦多于乐。开心有太多人可以和你分享，不一定是情人，悲伤却不是很多人可和你分担。

而我，愿意把快乐给你，也愿望和你分享你的悲伤、苦闷，因为你才是我最想亲近和珍惜的人。

只因心中有你，只得耐心等待！花儿开了，我在窗前等你；雪花飘了，我在伞下等你；夕阳斜了，我在海边等你；月儿圆了，我在梦里等你。

不论你是快乐，还是忧伤，也不论你是富有，还是贫穷，只因为我心中有你，所以对我而言，再漫长的等待、再苦难的分担也都是再幸福不过的事情。

有诗人曾说："等待一万年不长，如果终于有爱作为补偿。"

而我对你，不求补偿，只求你好好的。

你要知道，因为我们彼此相爱，所以你的生命被瓜分了，你的风度和野蛮、你的理性和任性、你的无私和自私、你的快乐和悲伤也都被瓜分了，我多么希望，你会因为这样而快乐一些，因为有我，愿意来分担你的苦楚，也比较懂得该为你做点什么。

如果你也爱我，就把你的手给我，我会一直牵着你，直到生命的尽头；如果你也爱我，就把你的心给我，我会把它和我的心放在一起，直到我的心脏停止跳动。

如果你也爱我，就把你的悲伤给我，我会和你一起分担所有的忧愁，直到你不再伤悲；如果你也爱我，就把你的眼泪给我，我会用我的体温把它烘干，直到看到你的笑容。

所以当你伤心的时候不要一个人站在窗边，望着远处发呆，或者独自毫无目地走着，或者哭泣，你知道，我愿意和你分担所有的不快乐。

全都因为你吻了我一个晚安

我来到这个世界，不仅是为了和你相逢。

那么，晚安。

GOOD NIGHT.

习惯晚睡，是为了等你一句晚安。

有很多话想跟你说，

但一直没有机会。

我携带着它们穿越季节，掠过高架，

铺在山与海之间。

花盛开就是一句，

夜漫过就是一篇。

黄昏开始书写，

黎明是无数的扉页。

全世界拼成首诗，

我爱你当作最后一行。

你的一句晚安，可媲美满天星光

全世界拼成一首诗，
我爱你当作最后一行

你说的所有话语里，我最喜欢你的晚安，
因为你总是把尾音放得很轻柔，好像在告诉我，你一定会有个好梦，
于是我得到一夜好梦，于是我梦见你。
那么，晚安。

你是我温暖的手套，冰冷的啤酒，带着阳光气息的衬衫，日复一日的梦想。我活在我们如梦的幸福里，制造着平凡而又长久的喜乐哀愁。

如果人生要经历多个驿站，那么，你是我今生唯一的站点。自从你落户我的心房，我便足不出户，永远守在站点等候你来检阅。

如果世界只剩 10 分钟，我会和你一同回忆走过的风风雨雨；如果世界只剩 3 分钟，我会深情地吻你；如果世界只剩 1 分钟，我会说60 次我爱你。

爱到世界末日也不改变，直到星星不再闪耀，直到地球不再转动。

我爱你，不是因为你能带给我什么而爱你，而是因为爱你而准备接受你所带来的一切。

真爱就是不指望你让我能在人前夸耀，但在我的内心深处有这样的把握：即使所有的人不与我为伍，你也会依然站在我身边。

如果我必须要离开你，我的爱人，我必须独自走上这条安静的道路。请不要悲痛，也不要落泪，尽管笑着和我交谈吧，就好像我不会离开你一样。

当你听到一首歌曲，或者看到我喜欢的一只鸟，请不要因此而悲伤地想起我，因为我依然爱你，仿若从前。

总有一天我一定会带你去你所有想去的地方，陪你闹，看你笑。

这世上你最好看，眼神最让我温暖，星辰闹成一串，月色笑成一弯，傻傻望了你一晚，怎么看都喜欢。

你就像依在我梦的窗前，隔着美丽红色的窗纱看我，那痴情的凝眸，那美丽的眼神，像我心海里潮起潮落的弦音，荡涤着我欲罢不能。好似我爱的生命之树，在你美丽的红尘里疯长，然后开出美丽的花来。

我愿意用自己的心，好好地陪着你，爱着你。陪你到你想去的地方，用心走完我们人生的余下的旅程。

在未来的日子里，也许什么都无法确定，但唯一可以确定的是，我爱的人是你，无论现在还是将来，我想我这里都会是你最温暖的港湾，都是为你遮风避雨的城墙。

这一生中最美丽的事情，莫过于遇见你；这一生中最大的奇迹，莫过于拥有你；这一生中最重要的事情，莫过于陪你到老。

不得不承认我是个很天真的人，谈了恋爱就想过一辈子，交个朋友就想往来一生，尽管有时候故作姿态说着一切顺其自然，可心里不

深夜来临的时候，
是一个人心灵最脆弱的时候，
也是思念最疯狂的时候。
那么，晚安。

愿让任何美好的事情发生一丝的改变。

　　对于一个在感情上没有远见的我来说，最大的期盼大概就是希望你的感情都能真挚且长久。

　　因为，从看到你的那一刻，我忽然觉得自己可以为了你放弃整个世界，因为在我心中你就是一个缤纷多彩的世界……

　　人生没有那么多莺莺燕燕，什么是好的生活，什么是好的伴侣？无非就是，你饿了，我做给你吃；我渴了，你端给我喝；你冷了，我给你盖被；我病了，你给我拿药；遇到谁心烦的时候了，也能挨骂几句。

　　因为我们知道，脚踏实地，比什么都强。

　　人与人的相遇因独特而喜欢，最后却由不一致而陌路。因为你是我遇见最不一样的那个人，所以我不需要你变得和我一样。我说话时，你会听。我需要时，你会在。我转身时，你还在。

　　世界再大，我只有你一个港湾。在我未醒时，你静静地亲我，万语千言，默默无语。

　　你是我路上最后一个春天，最后一场雪，最后一次花飞叶落。扑入你的怀中，我必泪流满面。

全都因为你吻了我一个晚安

"早点睡吧，好梦。"
"晚安。"

当你途经我的绽放，

我还来不及梳整我的容装。

那轻灵的足音如此临近，

我该怎样将心门为你开敞。

我不知道，

该自由还是约束，

低头或者仰望，

该怎样迎接你快乐的目光？

这善变的世界，难得有你

雨过天晴，终要好天气。

世间予我千万种满心欢喜，沿途逐枝怒放，全部遗漏都不要紧，

只要得你一枝，配在我胸襟，就好。

那么，晚安。

午后的阳光透过窗子温柔地晒在脸上，我端起一杯卡布奇诺，细细品味，有你的味道。

晚夜的空中布满了万千个星座，我抬头仰望，细细分辨，有你的轮廓。

我一直想要，和你一起，走上那条美丽的小路。无论春夏，或是秋冬，有你在我身旁，倾听我快乐和感激的心。

你向我笑，于是阳光灿烂；你轻声说话，于是风和日丽。你的心情是我的天气。

茫茫人海，相识了你，是我的缘。

于是，有你的地方，再破败不堪也都成了天堂；没有你的地方，再繁花似锦也太荒凉。

你早已成我灵魂的一部分，我的影子里有你的影子，我的声音里有你的声音，我的心里有你的心。鱼不能没有水，人不能没有氧气，我不能没有你的爱。

或许，以后有你，我才不会再迷路；或许，以后有你，我才不会孤独。

感谢有你，给了我幸福甜蜜的岁月，让我尽享爱意的阳光；感谢

你的一句晚安，可媲美满天星光

可不可以和我约定，让我的欢喜，不必再那么小心翼翼，

让我的快乐，不用再如此忐忑不安，

那么，晚安。

你的一声"晚安"抵得过我四百八十万刹那的思念，
晚安，我爱的你。

有你，给了我时时牵挂的理由，让我今生今世再也无法将你忘怀。

感谢有你，给了我看世界的机会，让我和梦想一同出发，让我看到人间最美的风景；感谢有你，给了我难以忘怀的浪漫，让我一生有了回忆不完的甜蜜。

感谢你，我的爱人，有了你，我的世界永远精彩无限。

我喜欢你，喜欢阳光的你，喜欢简单的你，更喜欢把我放在心里的你。

你是世界上独一无二的，我只在乎你，我只喜欢你，我只爱你，我只愿意与你在一起。

每当我心情不好的时候，你总是带给我愉快的心情，常常的逗我开心。我被你的快乐感染着，我被你的爱温暖着，我更被你呵护着。

因为有你，天空多了一份湛蓝；因为有你，回忆多了一道色彩；因为有你，故乡多了一份留恋；因为有你，生活多了一份温暖；因为有你，眼睛中多了一种光；因为有你，生命中多了一层意义；因为有你，活着多了一份希望……

若是没有了你，想必这世界也没有那么美丽，从前相依的那些天地，无奈已太乏味，都已失去生气。

对我而言，一日三餐有你的叮嘱，我比任何人都幸福。风雨无阻有你的陪伴，我比谁都来得满足。

我知道在这个世界上你是最爱我的人，所以我也会努力地让自己成为在这个世界上最爱你的人。

因为你让我如此的快乐，我也会让你一直都幸福下去。我知道我很任性，可是我愿意为你去改变。

这一切都是因为你，因为我爱你。

世界上有很多事情是说不清的，比如为何我遇见你，为何你爱上我，可是我们明白，我们喜欢与彼此在一起。我们的世界因为有了对方，才如此的快乐。

于是，我幸福着你的幸福，我快乐着你的快乐。

你的一切都是我所在乎的，而我的一切都是你在乎的。

人的一生能够找到这样爱自己，对自己的人，一定要学会珍惜。不要让属于自己的幸福就这样失去，毕竟有些东西失去就是一辈子，哪怕只是一个转身。

我不想失去你，因为我在乎你的在乎。所以我会好好地爱你，正如你爱我如此。

　　因为我的幸福、我的快乐是你给我的，所以我的幸福、我的快乐也愿意给你。

　　你曾对我说过，你是幸福的，我就是快乐的。看到你快乐，我就会觉得很幸福。今天我也要告诉你，你是快乐的，我就是幸福的。

　　因为在这个世界上，你也是我最爱的人，在我的心里，我的眼里，只是你。

　　我没有太多可值得拿来炫耀的东西，但我有你。

　　没有你，眼睛是明的，我也看不见方向；没有你，耳朵是通的，我也听不见情话；没有你，心是完整的，也不能跳动。你要知道，我不能没有你。

　　孤独时，有你的陪伴才不觉得凄凉；憔悴时，有你的安慰才不觉得忧伤；痛苦时，有你的呵护才不觉得迷茫；快乐时，有你的分享才会觉得幸福荡漾。

　　如果活着，是上帝赋予我最大的使命，那么活着有你，将会是上帝赋予我使命的恩赐。

我打江南走过，

那等在季节里的容颜如莲花的开落。

东风不来，

三月的柳絮不飞。

你的心如小小寂寞的城，

你的心是小小的窗扉紧掩。

习惯晚睡，是为了等一句晚安

是什么时候开始喜欢你的呢？不记得了。

我只记得有一天醒来，看你身边无论男女都觉得是情敌。

我就知道，我没救了。

那么，晚安。

天空本是一种风景，可是遇见你之后，它变成了一种心情。

因为遇见你之后，让我习惯了思念，习惯了晚睡，习惯了去等一个劝我早睡，然后跟我说晚安的人。

但我知道，这岁月漫长，总是值得等待。

为了不让幸福来得太快，为了不让幸福走得太急，尽管岁月难耐，我们一起等待。

原谅我将你的联络方式告诉了一个陌生人，他叫丘比特，他要帮我告诉你：我心喜欢你，我心在乎你，我心等待你。

夜，很美，很静，也很柔。心，因夜的静而牵挂，也因夜的柔而思念，因夜的美丽开始了等待。

等待，是幸福的，也是甜蜜的，一颗思念的心，会因等待而更柔美，会因等待而更执着……

此生，有一个人可以在你心深处令你一直等待，何其幸运？

深夜来临的时候，是一个人心灵最脆弱的时候，也是想念最疯狂的时候。

柔柔的凉风轻吻着脸颊，低眉，倚窗，心中满满的柔情，深深的思念溢出窗外，化成一缕缕清风飘向了远方。

亲爱的，你可知道，当那缕缕清风轻抚在你脸庞时，你可懂那全是我对你的牵挂吗？

你可曾知道，此时，我正在等你、静静地等你，等你对我说一句："晚安，好梦"。

我没多少清晰的记忆，恰好每个片段都有你，时光像琥珀，凝结在一起，光阴分不出前后顺序。

我早已经记不清从什么时候开始，爱上了你对我说的"晚安"和"好梦"。

或许，从我们认识的那一天开始？或许，是你的真诚感染了我？也或许，正是因为我们的彼此懂得，成就了这一段故事？

我是个不善表达的人，太多的幸福与美好潜藏在心里，安静得自我满足。

想要告诉你那些有关于我的小幸福，想要告诉你那些有你之后的心满意足，想要告诉你：有你在，便一片天蓝得安心踏实。

可是，所有的这些我却不知如何开口说予你听，但愿我不说的你都懂。

因为你，我每天都要细数那些叫思念的羊。那么，晚安。

有一种默契，你不说，我不言，却深深懂得。有一种思念，你在北，我在南，虽遥远却感觉很近。有一种最美的等待，从不曾相约，却心有灵犀。

我知道，此时，我们正在不约而同地等待，静静地等待那一句："晚安，好梦"。

每当你的那句"晚安，好梦"轻轻滑进我心间时，我总是禁不住展颜一笑，漂浮的心灵终于找到了停泊的港湾。

所有的懂得，所有的思念，所有的牵挂都化着浅笑滑进心灵，就像你牵着我的手，去聆听雪花飘落的声音……

是你让我知道，一个人的生活中可以有那么一个人，是我的想念，是我的温暖。深埋于心底，只要想到，就觉得温暖踏实。

找不到理由忘记，因为情不自禁；找不到借口放弃，因为刻骨铭心。也无法代替，因为生命的痕迹里，有我，也有你。

越来越发现，值得爱的没有别人，只有你。

曾经，我也赌气地说，不要再对我说晚安了，会习惯的。是的，我怕习惯后，哪天你不再说，我怎么办。

你不知道的是，其实，我已经习惯。每天睡前都会查看手机消息。甚至，甚至会半夜一次次醒来，开机，查看……

因为，就连梦中也记得，今天，你没说晚安。

你要知道，你迟到的晚安是我不能安眠的原因。

因为我知道，每一季花开，都是一场等待。

我们总朝生活索取，却未必懂回馈，感情其实很简单，就是一进一出，生生不息，我相信，所有的付出都不会白费，付出，等待，终有硕果累累。

窗外，风越来越凉了，抬头，星星不知何时已斜挂在天际，正调皮的眨着眼睛，月亮也不约而来，静静地凝视着星星，不言，也不语，似乎所有的懂得，所有的等待都在那深情的凝视里升华。

我不求在最美的年华遇见你，只求在那白发苍苍容颜辞去的时候，仍有你替我绾一缕白发，描一抹红妆，相视一笑，执手静静地待在流年里直到地老天荒。

愿岁月静好，不负这一世韶光。

众荷喧哗，而你是挨我最近、最静，

最最温婉的一朵。

要看，就看荷去吧，

我就喜欢看你撑着一把碧油伞，

从水中升起。

我走了，

走了一半又停住，

等你，

等你轻声唤我。

我原想收获一缕春风，
你却给了我整个春天

让我怎样感谢你，

当我走向你的时候，我原想收获一缕春风，你却给了我整个春天。

那么，晚安。

下雨了，是我想亲亲你；太阳出来了，是我想抱抱你；风吹过，是我在轻声笑……你要知道，每一个天气都是我的守候，每一个时刻都有我的想念。

想和你一起吃早餐，想和你一起挤公交，想和你并肩牵手在逛街时大步流星地走，想和你满大街打闹、忽略旁人的喧嚣，想和你去做疯狂的事，然后偷偷地贼笑，想和你半夜两人穿着拖鞋从路边摊的第一摊吃到最后一摊，想和你去看星星、看月亮、看日出、看夕阳、看无数美景……

想每天起床睁开眼看见的就是你，想你永远是我一个人的。

从相识到如今有多少个夜我无从计算，从相守到如今有多少争吵我也已忘记，从我是你的、你是我的那天起，你所有的包容，所有的呵护，所有的爱，我未曾忘记，它们像一颗颗温暖而不刺眼的宝石，被时间串成了无与伦比的瑰宝。

你给我爱，是最华丽的宝石，最真实的财富。这些年，我没有跟你说过一句谢谢，因为我知道我无法开口，其实在心里我无数次地问自己，是你上辈子欠我的，是老天刻意安排的，还是我前世的因果所得的？

每当我抱怨世事无常时，你总能给我恰到好处的温柔，让我毫无顾忌地活在幸福和任性之中。

我累了，你能给我最好的安慰；我哭了，你能懂得我的心事，就算每天没有太多的言语，没有太多的浪漫，可这样平淡的生活，让我懂得了什么是甘甜。

你在雨里淋着，回来后满身湿透了，可脸上是灿烂的笑容；你在酷暑中晒黑了脸，你却开玩笑地说这样才像个男人，你说你累了不怕，苦了不怕，最怕的是回家后没有孩子一声声喊着爸爸，吃不到老婆做的饭菜。你说这个家是你最温馨最值得付出的地方。

你就是这样傻里傻气，傻得只要我生气不管是错是对，都可以无条件地向我投降，你就是这样，用你的爱深深将我包围着。

你看，不管别人觉得这个世界有多现实、多残酷，我们的爱情总是令人羡慕不已，我们温暖的拥抱与甜蜜的笑容让所有人都相信：爱着，就是幸福；遇见，就是温暖。

生命中，有些人，浓烈如酒，疯狂似醉，却是醒来无处觅，来去都如风，梦过了无痕；也总有些人，安然而来，静静守候，不离不弃，比如你。

我是一枝依赖水，需要阳光，依靠养分，补充温度的玫瑰，你就是水，是阳光，是养分，是温度。

没有了你，我就没有了温暖，没有了空气，没有了生命。我就愿做你温室里那枝脆弱的花蕾，生生依恋，世世相守，不离不弃。

你的爱，纯净无染，你把爱给了我，就是要看着我长在你播种的幸福的土壤里，只要我幸福了你就幸福。

我只需懂得吸收你给的氧气，享受着你给的雨露阳光，那样我们才能拥有比浪漫还恬静的生活，比激情还长久的安乐。

岁月总是不停地划拨着它的年轮，它每划拨一圈，都代表着我们年老一岁，我只希望等到我们年过花甲，我走不动了，我不要拐杖，只要你的手来搀我，那该是最美好的事情。

对我而言，这一生进行过的最华丽的冒险，就是和你相守到白头。

一生就这么一次，谈一场以结婚为目的的恋爱吧，进行一场以白头到老为宗旨的婚姻吧。

不要再因为任性而不肯低头，更不再因为固执而轻言分手。

我们都要相信，一直就这样走下去，就可以到白头。

唯愿这一生，执子之手，与子偕老。你敢天长，我就敢地久。

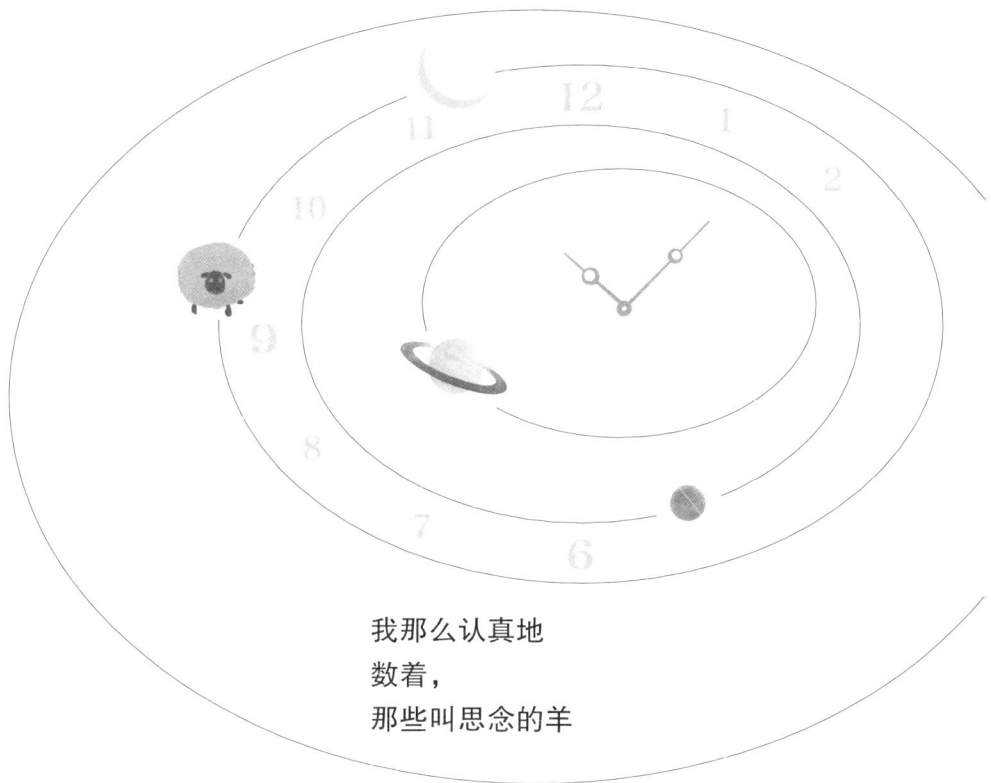

我那么认真地
数着，
那些叫思念的羊

PART
TWO

深夜来临的时候，是一个人心灵最脆弱的时候，也是思念
最疯狂的时候。其实一个人并不孤单，想念一个人的时候
才是真正的孤单。思念一个人的滋味，就像欣赏一种残酷
的美，然后用很小很小的声音，告诉自己坚强面对。

你在我身边也好，

在天边也罢，

想到有一个你，

就觉得整个世界也变得温柔安定。

任何为人称道的美丽，
都不及第一次相遇时的你

我们生命中，总会出现这样的一个瞬间，

某时某地你会遇见某个人，

他带着无与伦比的耀眼光彩，神一样地降临在你面前。

那么，晚安。

遇见你的那天，也并不是很特别。太阳没有从西边出来，云彩也没有格外美丽，只是阳光照射的角度很奇怪，仿佛所有的光彩，都成了你一个人的背景，给你映出一段不一样的剪影。

我们隔着远远的距离，我不是故意要看你，只是人生的那一种微妙，谁也无法参透。

就这样遇见你，你并不是我的梦中最想遇见的人，却在那一瞬间击中我的眼球。

我从不负隅顽抗，因为我服从内心的呼唤。

我知道我该矜持一点，上前搭讪这样的事情本来是勇敢者的特权。

后来我才知道，这样的一见钟情不是你一眼就看上我，或者是我一眼就看上了你，不是看，是味道，彼此被对方的气味吸引了，迷住了，气味相投。

即使这种味道隔着千里、万里最后还是会在某个地方不期而遇。你看，我们的相遇是命中注定的事情。

对我而言，我有过两次生命，一次是出生，一次是遇见你。

还记得初遇时，你清风般的浅笑，以及你那明月般清澈的心境。

遇见你是我这一生中最美丽的意外，正如张爱玲所说，于千万人之中遇见你所遇见的人，于千万年之中，时间的无涯的荒野里，没有早一步，也没有晚一步，刚巧赶上了……

如果这一生我可以有999次好运，我愿意把997次都分给你，只留两次给自己：一次是遇见你；一次是永远陪你走。

我终于知道，天底下所有的好事，也不过就三个字，遇见你。

遇到了你，有了你，于是我就拥有了一份快乐。在这孤独的人生旅程中，能够相识你，相知你，有了你，我感动着，快乐着，你成了我幸福的源泉。

生活是平静的，有你一起书写着这份平静，却又生出了更多的美丽。

自从遇见你，生命比从前更有意义，我也比从前更爱自己；自从遇见你，就连烦恼都比从前有趣。

曾经，我以为我要变得足够好才能遇见你，却发现，原来是遇见了你，我才变成了一个最好的我。

感谢有你的出现，感谢有你的出现让我遇见，感谢你出现在我平凡的生命里，陪我走过一段又一段平凡的岁月。

平凡的生命，平淡的遇见，谢谢你给我的爱，我一生一世不会忘记，谢谢你给我的温柔，伴我走过平凡的岁月。

　　人的一生，遇见了爱情，也就抓住了幸福！于千万人之中遇见你们所遇见的人是何等的不易，而遇上了又能让你心动就更难得了。

　　街角，人潮涌动处，擦肩中，我遇见了你，于是，开始了我一生的守候。

　　从我遇见你的那天起，我所做的每一件事，都是为了靠近你。除了你，别的人我都不要。

　　一个人的一生，说长不长，说短不短，平凡的日子里，行行走走间，每一段每一程的历程里，我们每天都会有无数的遇见，都会遇到各式各样的人。

　　而遇见中，只有你会让我怦然心动，在擦肩而过的刹那，找到了一种似曾熟悉的感觉。

　　遇见你，就像在随机播放一首歌的时候，却听到了最喜欢的那一首。

　　某天某刻之前，你是我的陌生人，我是你的过路人。我不曾与你相识，你未曾与我相遇。

　　但是某天某刻，你散着步在我前面，我踱着步在你身后，你不经意地回头，我无意地抬起头。

那一瞥，竟是你我相恋至相爱至相伴的理由，一见钟情。

也曾幻想过，如果真有那种一拍即合的爱情就好了，不需要暧昧的你来我往，不需要花太多时间去培养，我已经没有力气去玩猜测的游戏，因为我怕会受伤害。

但遇见了你，我只看一眼就知道，是这个人，没错了。

从我遇见你的那一天起，我就在心里恳求你，如果生活是一条单行道，就请你从此走在我的前面，让我时时可以看到你；如果生活是一条双行道，就请你让我牵着你的手，穿行在茫茫人海里，永远不会走丢。

就算我没有在最青春美貌的时候遇见你，我也不会觉得遗憾，因为我们要的，终究不是一场足以天崩地裂的爱恋，而是天长地久的温暖相伴。

那一月，

我摇动所有的经筒，不为超度，

只为触摸你的指尖；

那一年，

我磕长头匍匐在山路，不为觐见，

只为贴着你的温暖；

那一世，

我转山转水转佛塔，不为修来世，

只为途中与你相见。

我那么认真地数着，那些叫思念的羊

我那么认真地数着，
那些叫思念的羊

睡前给你讲个故事吧，这故事很长，我怕我一时讲不完。
那我长话短说吧，我想你了，晚安！

我用一个春天思念你，眼如绿波荡漾，发如杨柳丝丝轻柔，面如桃花醉红夭夭；我用一个夏天思念你，阳光透露着热烈，河水流淌着心事，花朵诉说着甜蜜；我用一个秋天思念你，大雁鸣唱着留恋，红叶燃烧着期盼，果实等待着收获；我用一个冬天思念你，北风刮着祝福，雪花撒落着希望，晶莹着真爱的世界……

在我的思念和眷恋中，你不曾缺席过。

当思念在夜灯下涨成大海，感情的波涛汹涌，辗转至深夜却只有短短几句，像贝壳一样停滞在信笺的沙滩上。

在这寂静而又孤独的夜晚里，为何思念总是会如此无期又猖狂？这种滋味又该如何对你诉说？

人哪，总是坚强到可以承受分离，却学不会承载思念。

思念很累，泪想流，却已滞。如果能够，我真想凝聚我全部的柔情，化成你梦中的人。

我喜欢站在喧闹的街头，看着擦身而过的人群，望着相似的背影，不由得会有片刻的失神和发呆。我希望一个不留神，就能看见你。

我喜欢游荡在无人的海滩上，看着潮水退了又回，望着平静无奇的海面，不由自主地会黯然神伤。我希望大海能给我一个暗示，告诉我你的归期。

我总是被思念紧紧缠绕，像是患上了一场又一场的重感冒。

当白云飘过，那是我思念的痕迹；当雷雨下过，那是我思念的证据；当闪电闪过，那是我思念的灵感；当阵风刮过，那是我思念的醍醐漫流的世界……

那串跫音成就心底的琴音，一天天叩响、飘荡。你得借一缕清风飘荡，潮汐起伏，托起我蝶梦的翅膀，让我的思念停驻你的掌心。

为何离你越远反而越近？你到来的脚步，比风还轻。

所有的思念如同你熏过的茶叶一样，放在特制的玉壶里珍藏，想你的时候就泡在水里，散发着浓浓的芳香。

夜深了，写给你的信笺的字迹已模糊，因为思念的缘故。

思念一个人的滋味，有点苦，有点甜；等待一个人的感觉，有点失落，有点痛。

今夜，我独坐在寂寞的山冈之上，什么也不想，只是痴痴地凝望你所在的远方。

只有我才能看见，远方的月亮是从一个人的怀里升起，照耀比天边更遥远的村庄。

当等待漫无止境，思念会开出千万朵花朵，一朵写着思念，另一朵写着思念……最后一朵还是写着思念。

然后把每一朵折叠，放飞于每个午夜，让弯弯的月亮朗读思念的诗歌，借着清风夜色，婉转千百回。

只有我才能知道，窗棂边的花儿，只为一人香。

思念托着长长的托词，找寻每个有机可乘的缝隙，徐徐喃喃，只为了念想有所着落，只为一个等字。

有时感觉有些痴，进而有些傻，缥缈的事情，一而再地对自己发问，一而再地难为自己，我变成了说书人口中地"痴情人"，半痴半傻。

所有的日子也会消逝，唯独思念永远崭新，在风雨以外静谧如初。

如果可以，我愿是一只风铃，挂在你的窗前，风起的时候，叩响我的思念。

如果可以，我要把思念酿成一杯水酒，陈藏于岁月，慢慢品读，哪怕它有时醉人，有时涩口。

思念，无时无刻都在蔓延。我看见天空的飞鸟，会想你；我看见地上的云影，会想你；我看到雨中的花瓣，还是会想你。

爱情里，始终都会有那么一丝缝隙，悄然地把思念泛滥成灾，悲伤逆流成河。

　　但也正因为如此，我才会发现，原来有一个可以思念的人，竟是如此幸福的事情。

撑着油纸伞，独自彷徨在悠长，

悠长又寂寥的雨巷，

我希望逢着，一个丁香一样地，

结着愁怨的姑娘。

她是有丁香一样的颜色，

丁香一样的芬芳，

丁香一样的忧愁，

在雨中哀怨，

哀怨又彷徨。

我喜欢的样子，你都有

喜欢的人啊，笑容仿佛能够融化南极的冰山，

拥抱可以温暖寒冷的心脏，能给我一股冲破所有阻碍的勇气和力量，

对啊，你就是这么好，好得我没有办法不喜欢。

那么，晚安。

喜欢你对我笑的样子，喜欢你给我系鞋带的样子，喜欢你单手提包的样子，喜欢你蹦蹦跳跳走路的样子，喜欢你跟我说对不起时的样子。

我爱你安静看书的样子，我爱你听音乐时被风吹起长发的样子，我爱你在阳光下悠然散步的样子，我爱你所有的样子，包括，你对我发脾气的样子。

你知道吗，我喜欢的样子，你都有。

爱情是什么，如果听每一首情歌就想起你的名字，是我爱你，还是你故意让我想起。

如果看每一部电影都希望他们的故事在我们身上重演，是我爱你，还是思念太隆重。

如果每一天都在心里反复地复习你的样子，是我爱你，还是和你在一起的时候太过美好？

我没有很想你，只是在早上醒来时，看看有没有你发来信息和未接来电；我没有很想你，只是把你来电调成唯一的铃音。

我没有很想你，只是在听歌时，被某句歌词击中，脑中出现短暂的空白；我没有很想你，只是想看看你的样子，听听你的声音。

我又没有很想你，只是每次醒来时，第一个想到你······

相逢的时候，落叶织就了一季秋景。就在那时，我见到了爱笑的你。

那时候，我才知道，一见如故，原来是如此美妙。那一眼，我暗自笃定一份信念，此后的岁月，我将用这一颗心始终如一待你、慰你，不管天各一方，只愿守着这场温良的相逢，一同行走。

两个人相遇，是小概率的事，两个人相爱，是最美好的事。遇见的都是天意，拥有的都是幸运。

我浸泡在你制造的温暖里，咬着唇不让自己哭出来。我怕视线模糊了，看不清楚你的样子。我怕眼泪流出来，会浇灭那微弱的花火。我怕幸福转瞬即逝，与你渐行渐远。

我要睁大眼睛，仔细看着你。因为，我还怕，分离和遗忘。

我以为一旦你不在我身边的时候，我就可以停止思念，只要我不再走过那些熟悉的街道，不再翻看你的照片和文字。

但是我怎么也想不到，不管我再怎么转角，再怎么用忙碌来替代胡思乱想，眼前依然还是会浮现出你的样子，直到视线慢慢变模糊，直到心酸慢慢侵蚀我整个身体。

你的样子，已经深深刻在脑海。每一颦每一笑，牢牢记在心中。

从记忆里拉一条漫长的线，线上都是我想你时系的结。每一个结点处都有你挥着修长的手臂和我告别的样子，而我却不敢回头。

你知道吗，因为我爱上了你的样子，我就很难再像喜欢你那样去喜欢别人了。

我永远都忘不了那天，你勾勒你的映池荷花，我绘制我的沉静睡莲，我们心底都存有一个夙愿，在这世间有一人肯在此间停留，能看透一朵荷的澄澈内敛，能读懂那枝莲的清静别致，能在这浅淡的岁月里，温情相待。

那时候的你，就像在一角安然绽放成安静的花朵，底色柔美，清香怡人。

那时候的我便知道，这别样的姿态是你，这不俗的情怀是你，这独一无二的样子是你，你落进我心底，深深地将寂寞击碎，撕去彷徨，给我最轻柔的慰藉。

这，是你的样子，卸去坚韧表象的面具，抛却世俗繁杂的尘事，清清落落的，从泥泞中脱身，安然立于清澈的水中央，似一朵莲花，有着清丽的雅致，脱俗的气场。

　　这，是你的样子，内心能溢满莹润透亮的水泽，能化成甘甜的露，滋润我整个的灵魂。

　　你的样子真是美好到了极致呀，一想到能和这样的你温柔相待，真是感觉岁月都会温软，静好，恬淡。

你握住我的手的时候，
仿佛已经和我的心交换了秘密。

忐忑的我，
就像看见了夏夜流泻在灯光下，
呈显出莲花状微微的弯曲，
就像转动水晶球的吉卜赛人，
在紧张地占卜着自己的命运。

我那么认真地数着，那些叫思念的羊

想你时不想睡去，
梦到你时不愿醒来

我只是在很多很多的小瞬间，想起你。
比如一部电影，一首歌，一句歌词，一条马路和无数个闭上眼睛的瞬间。
那么，晚安。

我想你，就像在酷暑时节想细雨轻烟；我想你，就像在车水马龙中想青山绿水；我想你，就像在拥挤人潮中想风吹麦浪；我想你，就像在寒冬时候想春暖花开！

可是，我想你的距离，大概隔着十万八千里。

亲爱的，当我想你的时候，你会不会也刚好正在想我？

起风了，想你了；樱花开了，想你了；尝了一桌好菜，想你了……世间一切美好事物，都会让我想起你。

在我想你的时候，我是诗人；在我想你的时候，我是哲人；在我想你的时候，我不是我，我已成了你。

大概，最深层的思念就是，我把自己活成你的样子。

世界上有很多身不由己，比如我好想你。

想你，从嘴到心，从早到晚，无时没有，无处不在，我在想念你。越是想念，和你在一起的愿望也就越强烈。

你是春天在我的回忆中灿烂，你是水在我的心底温柔，你是远方在我的思念中走近，你是风景在我的人生中永远。

每一天醒来，你的影子就在我眼前转。不管手里干什么事，一会儿，准走神儿了，呆呆地只是想你，算着你什么时候回来。

随着天各一方的时间越来越长，我的思念也越来越深，我很想找一个万籁俱寂的深夜或一个阳光明媚的早晨，把许多心底的惆怅、寂寞向你倾诉。

可是此时，我只能把这月华当作一艘小船，让它载着我思念的心，划向远方的你，送上我温柔的吻，解开你眉间的忧，赶走你心中的愁。

我不知道你最近你吃得怎么样，我不知道你最近做了什么梦，我不知道你最近是胖了还是瘦了，我不知道你最近穿了什么衣服，我不知道你嘴角的弧度是多大，我不知道你和哪些人打了招呼，我不知道你听了哪几首歌，我不知道你半夜是不是失眠看了看手机……但是我知道我想你。

我想你，有一点点深，有一点点频繁，还一天比一天更浓。

听一首歌曲，会想到你；看到一些字眼，会想到你；读一篇文字，会想到你；看一部电影，会想到你……

看见一张侧脸，会想到你；遇见一个笑容，会想到你；感受到一点温暖，会想到你……

这才发现，一个不小心，我也变得如此脆弱；这才发现，随便一个不小心就会踩到想你的雷，然后，让自己粉碎在对你的思念里。

我想你了，可是我不能对你说，就像开满梨花的树上，永远不可能结出苹果。我想你了，可是我不能对你说，就像高挂天边的彩虹，永远无人能够触摸。

我想你了，可是我不能对你说，就像火车的轨道，永远不会有轮船驶过。

我想你了，可我真的不能对你说。怕只怕，说了，对你，也是一种折磨。毕竟，思念是何其的苦。

想你的时候，把你的名字写在手心，摊开是思念，握紧是幸福。我想你，在城市的那一头；我想你，在我思念的那一头。你可记得的答应过我，不管在哪里，都一定要过得很好。

你和我，如此透明，你却不知道。因为你，所有记忆开始，如此温柔，像那暖暖的阳光和妩媚的月色。

手说，我想你了，好想和你手牵着手去海边散步；眼睛说，我想你了，好想看着你吃饭说话开怀大笑；心说，我想你了，好想再心贴心地感受一下你的心跳和你呼吸的节奏。

你看，它们都在想你了，我无法控制。但我可以替它们说一句，晚安，然后悄悄地钻进你的梦里……

你那儿现在冷吗？虽然我不知道你在干什么，和谁在一起。但我知道，外面是冷的，夜是凉的，街道是静悄悄的。

盖好被子，暖暖地安然睡去吧，等到阳光明媚的清晨，我将来爱你。

我以为爱可以不朽，我错了。

不再需要星星，把每一颗都摘掉，

把月亮包起，

拆除太阳，

倾泻大海，

扫除森林……

因为什么也不会再有意味，

若没了你。

欢喜得小心翼翼，
快乐得忐忑不安

爱上你的那一瞬间，我好孤独，有一种独闯虎穴的忐忑。

那么，晚安。

你知道什么叫意外吗？就是我从没想过会遇见你，但我遇见了，我从没想过会爱你，但我爱了。

天因你而蓝，水因你而绿，我因你而痴，因你而醉。

遇到了你，有了你，于是我心里的每一个空缺都是你。

在没有遇见你之前，我一个人生活得很好，我该吃饭吃饭，该睡觉睡觉，我有我的朋友，我也不会觉得无聊。

我也曾抱怨那个对的你，究竟去了哪里，为何让我一个人面对这狂风暴雨。

我也渴望有人为我撑伞，有人给我拥抱，有人在我耳边轻轻说一声：有我在，一切都会变好。

你未曾到过的那些岁月里，我一个人看书，一个人做饭，一个人风里来雨里去，一个人好好照顾着自己。

许多的事情，这样坚持坚持就过来了，我会在晚上大哭，却仍在早上笑着出门，因为我不知道明天会有怎样的惊喜，说不定转角就能遇见你。

我也走过了很多的路，遇到了许多的人，但我一直在等你。

等待你来的日子总是很漫长，有时候甚至会将别人错认成了你，跌倒了再爬起，流泪了自己擦去。

我那时候会对自己说，既然你正在风雨兼程地向我赶来，我有什么理由不坚强地活出最美丽的自己？

我在心里默默告诉自己，爱情值得耐心地等待，或许那个对的你此时正在跋山涉水来这里。

终于，在阳光灿烂的那天遇见了你，风还是一样地吹，花还是一样地开，太阳还是一样地升起，可是有些事情已经变得不一样了。我的心底，开始泛起朵朵涟漪。

在遇见你的时候，我并不孤独，我只是已经准备好去爱一个人了。或许你并不那么优秀，可是正因如此，你恰好成了我生命中必不可少的你。

和你一起的日子里，我们一起看书，一起做饭，一起经历风雨，我的生活从此不能没有你，这才发现彼此依赖，才是最深的相爱。

现在想来，从"我"变成"我们"的确是我生命里了不起的奇迹，回头看看那些一个人走过的日子，感谢那个咬牙坚持的自己，感谢那个不断变优秀的自己。

遇到了你，有了你，于是我少了许多的烦躁与不快。在无数个漆黑的夜晚，我独自放飞了的心穿过了夜的黑，静静地伏在了你的窗前。

于是，烦躁不再是烦躁，不快不再是不快。你用你独有的方式弹动着我心的弦，陪我诉着，陪我乐着。

你说你最想看到我永远开心的样子，你的话，让我的心哭了，又笑了；让我的心笑了，又哭了。

遇到了你，有了你，于是我有了一份牵挂。多少次，我傻傻地想着，能够在你的手心系一根绳子该有多好，无论你走了多远，无论你在哪里，我都会真真切切地感觉着你，感觉着我们心的近。

我一直在找寻着，找寻着生活的真，寻找爱情的纯。都说有缘有分的人才是幸福，才会有真的美好。

真实的你给了我这份真实的思念，我怎能不感动？怎能不珍惜？

遇到了你，有了你，于是我拥有了一份美好。多少个日子，我在心底真真地读着你，寂寞却也快乐着。

思念，那么深，那么真。心牵着你，那么近，那么切。

你是我的一份好，一份真。其实，早已经不知道是你想我多一点，还是我念你多几分。只想让你牵着我的手走在爱的路上，不离不弃。

可不可以和我约定，就算忙碌，就算焦虑，也要在空闲之余说一声我想你；就算疲惫，就算郁闷，也要在临睡时道一声晚安。

可不可以和我约定，就算生气，就算吵架，也要在第二天阳光依稀的早晨眯眼微笑；就算无趣，就算平淡，也要在黄昏的街道上坚定地握着彼此的手。

可不可以和我约定，让我的欢喜，不必再那么小心翼翼，让我的快乐，不用再如此忐忑不安。

爱情扶我上路，然后走开，

让我一生怀念，

怀念那一扶的长久，

和一生的短暂。

黑白色的夜里，

我想看看月亮，

我看见月亮很好，就像我当初，

看见你很好一样。

我那么认真地数着，那些叫思念的羊

你一走，我的城市就空了

你不在的这段日子，

我的头发长了，发型变了，仿佛比别人多活了好些年；

但是你一笑，我又傻了，怀疑自己只不过下楼买了瓶水。

那么，晚安。

有时，只那么一两步，便改变了一个人的一生，这就是缘。有时，缘是爱情的钥匙，也是现实的枷锁。

你一走，我的城市就空了。

想起远方的你，心里空空的疼。

我住在一个没有了你的城市，一个人享受孤独。我把所有位置，都搁上了你的名字，好让我再次遇见你时，不那么惊慌失措。

我在整个的天空上，写满了我对你的心事，想让你知道，我无时无刻不是在想念你。

喜欢在这样清冷漆黑的夜里，独自一个人默默地想你。没有灯光，没有音乐，只听见自己的心跳，那是想你唯一的气息，我听见心碎裂的声音，然后又不得不慢慢地愈合。

喜欢把头深深地埋在被窝里，闭紧双眼，屏住呼吸，默默地想你。没有眼泪，没有思想，只用手紧紧地抱住双臂，用零下一度的心温暖身体。

喜欢在清晨刚醒来的那个瞬间，鸟儿尚未呢喃时，轻声对自己说想你。梦里的你，留下甜蜜的笑，还深深地藏在心底。没有遗憾，没有忧伤，只是回味着梦里的你，自己的脸上不自觉地露出了浅笑。

喜欢站在走廊上，看楼下来来往往的人群，淡淡地对自己说想你。那匆匆忙忙的人流里也许有你留下的背影，陌生而又熟悉。没有鲜花，没有誓言，只是忘不了你那一次深情回眸，和款款一笑。

喜欢在热闹的餐桌上，端起饭碗发着呆，告诉自己原来那样地想你。任别人觥筹交错，笑语喧哗，只默默在心底和你浅酌低吟。

喜欢在喧闹的大街上，偷偷地对自己说原来也会这样想你。看不见河畔湖边的情侣对对，闪烁的霓虹灯下的红男绿女。只在风里伸出手，挽住空空的空气。

喜欢在想你不能自己的时候，拨通你的电话，告诉你，在你走后我其实很好的。听着你朗朗的笑语，竟也能一边笑语盈盈地应和，一边轻轻拭去腮边的泪滴。

喜欢在你挂断电话后，听留下的忙音，就像你转身离去后，愈行愈远的脚步声，声声踏在心里，那么无奈，那么酸楚。

可我还是那么心甘情愿，那么不由自主地在想念，因为是你啊，所以一切都是值得的。

也因为是你，所以再累我也会坚持。

因为一份真正的爱，不是觉得累了就放手，不是觉得不合适就分开，是即使再累也想在一起，即使不合适也想努力争取。

累是因为在乎，不合适是因为爱得不够，真正的爱没有那么多借口。

你说你不好的时候，我疼，疼得不知道该怎么安慰你；你说你醉的时候，我疼，疼得不能自制，思绪混乱。我的语言过于苍白，心却是因为你的每一句话而疼。

我说我难过的时候，你疼，你疼得着急忙慌地说情话；我说我孤独的时候，你疼，你疼得结结巴巴地重复誓言。

可是，唯一有效的安慰方式，就是你在身边啊！

其实，不是没有伤，也不是没有痛，或许经历的太多，心，才渐渐学会了坚强。

难挨的季节，就像是素雅的洁净，蓝天因为少雨而愈发的明丽高远。盈一怀恬静，漫步于闲散，一地花凉，便于浅笑中，静好岁月的沉香。

对身在远方的你的思念，变成灵魂深处的蛊，总在不经意间，悄悄爬上心灵深处的晓月眉弯。

离别的路口，我把心交予你，陪你继续前行。不舍的心遗落的碎片，扎疼了思念。思念无果，终于滂沱。

真心爱过一个人，无论是否在一起，只希望彼此都好。

我知道，不是所有别离都是因为不爱，也不是所有在一起都是因为相爱。好的爱情并不以是否在一起作为衡量标准。

即便分开，倘若某一天某一个时刻，不经意间看到彼此曾经的照片、曾经的留言，你能发自内心地微笑，那一定是对过往爱情最好的祭奠。

只要你在，我就心安。很多人很多人，她们再耀眼又怎样，她们都不是你，纷乱人世，除了你，一切都是背景。

你在哪儿，光就在哪儿。那么，晚安。

爱我，不要像慌乱的鸽子。
爱那最高的枝头，
或是那行海鸥爱着海浪的唇，
爱我，摘下你的面具。

爱我，像鼹鼠爱它的黑暗，
像胆小的驯鹿爱着雌虎，
你的爱不能没有恨和惧。
爱我，摘下你的面具。

我害怕，你说你也喜欢我

你不是我，
不会知道我有多爱你，更不会知道我有多害怕失去你。
那么，晚安。

你说你喜欢雨，但是你在下雨的时候打伞；你说你喜欢太阳，但是你在阳光明媚的时候躲在阴凉的地方；你说你喜欢风，但是在刮风的时候你却关上窗户。

　　这就是为什么，我会害怕你你说你也喜欢我。

　　深深地爱上一个人的感觉，孤独时想想，竟然完全与甜蜜、幸福、喜悦这些词语无关，而是害怕。

　　害怕一个人的冷清，害怕夜晚时的宁静，害怕睹物而思人，害怕触景而伤情……因怕分离而惶恐；因怕辜负而患得患失。

　　可是，只有深深爱过的人都知道：这样的缘分，在有生之年狭路相逢，终究是不能幸免的。

　　如果我不爱你，我就不会思念你，我就不会嫉妒你身边的异性，我也不会失去自信心和斗志，我更不会痛苦，如果我能够不爱你，那该多好。

　　我想着各种理由来讨厌你。讨厌你占据我所有思绪，讨厌你我的情绪受你控制，讨厌你不知不觉进入我的领域，连你的模样我也要竭尽全力地忘记。

　　你看你这个人，嘴里说喜欢我，又让我这么难过。

我那么认真地数着，那些叫思念的羊

079

喜欢你的人很多，不缺我一个。我喜欢的人很少，除你就没了。

所以我必须说我真的不会喜欢你，我不喜欢你占据我所有思绪，即便你早已是我的全部。

可是，我若不喜欢你，怎会才能和你熟络？可是，我若是喜欢你，又怎会仅仅只是与你做朋友？

你看你这个人，我喜欢你不对，不喜欢你也不对。

我应该讨厌你，讨厌那个让我心烦意乱的你。我必须说，我不会爱你。

可是，不管我念与不念，你都沉淀在我眼里；不管我想与不想你，你都落入我脑海里；不管我喜欢你或是讨厌你，你都深深埋藏在我心底……如一条湍急的河流在我心里波涛汹涌，而我，却无法泅渡。

原来，我已无法自拔地爱上了你。

在所有不被想起的快乐里，我最喜欢你。在所有人事已非的景色里，我最喜欢你。

如果，晴天是快乐的理由，你就是我的晴天；如果，阴霾是羞涩的表情，也只因你的存在而值得留恋。

你犹如一阵轻风，吹皱了我的心湖，留下平平仄仄的波纹让我独自抚慰；你是一缕淡雅的幽香，留下淡淡的余香让我沉醉；你是一段悠扬的乐曲，余音依然在我耳畔萦绕……

　　只是每一个夜晚，所有的自我纠结都化作思念你的煎熬，如此的这般在血液里轮回。

　　一个在意你的人，会看你平时在看的，想你平时会想的，做你平时在做的，然后和你分享他的感受。

　　也许过程中你们对一些问题的看法会有分歧、矛盾，难以妥协，甚至你会厌恶对方对你的指手画脚。

　　但要记得，正因为这个人一直和你在一起，才会和你有这些争论。有不同的观点不怕，就怕无话可说。

　　在这寂静的夜，我只能遥望着漆黑的远方，默默地想你。

　　"想你"已成生活的一部分。无论白天黑夜，无论晴天阴天，想你——只要我还能呼吸，就永不停息。

　　你想知道我对你的爱情是什么吗？就是从心底里喜欢你，觉得你的一举一动都很亲切，不高兴你比喜欢我更喜欢别人。你要是喜欢别人我会哭，但是还是喜欢你。

　　如果能够不爱你，我就没有相思的苦，没有守望的累。天不会因为你而显得阴郁，心不会因为你而寂寞。

如果能够不爱你，失去你，我就不怕迷失了自己，得到你，我也不怕你哪天会离去。

可是，纵使不爱你有多么好，我还是毅然决然地爱着你，无法自拔地爱着你，因为没有你，再好又有什么意义？

不知道喜欢你什么，实在不知道，如果确定知道喜欢你什么，是不够喜欢你。因为不确定具体喜欢你什么，所以喜欢你所有一切。

夕阳西下，是我最想念的时候，对着你在的那个城市，说了一声：我想你。

不知道，你是否听得到？

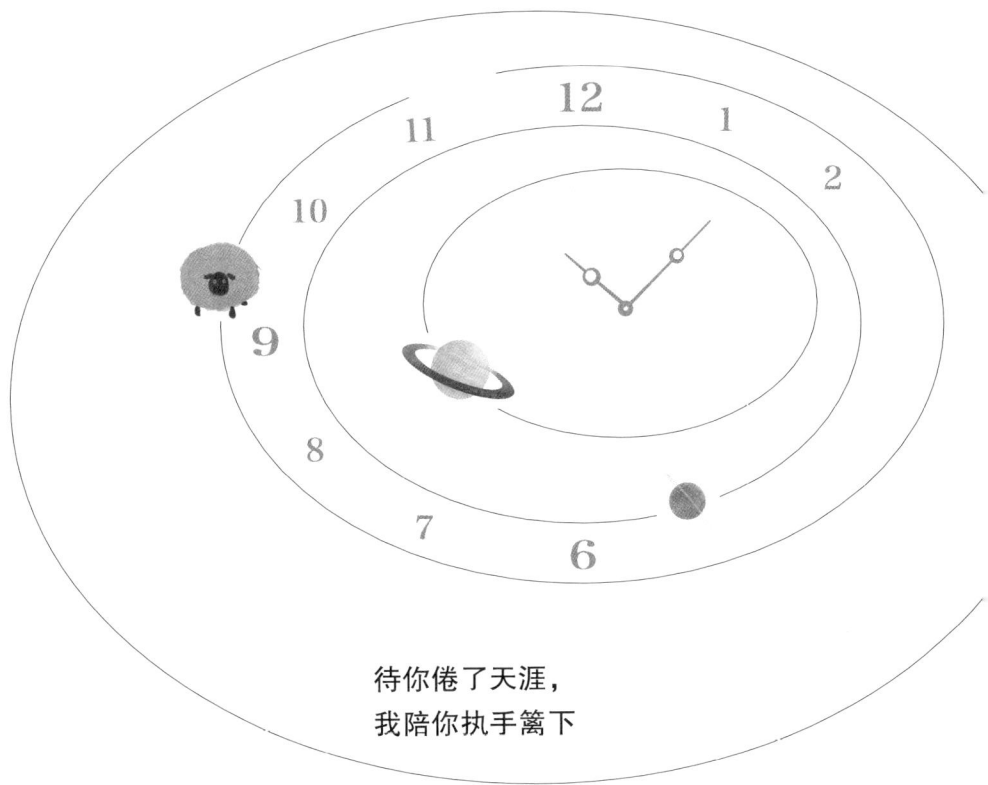

待你倦了天涯，
我陪你执手篱下

PART
THREE

我们都过了耳听爱情的年纪，总有一天，你会不需要轰
轰烈烈的爱情，你想要的只是一个不会离开你的人，冷
的时候他会给你一件外套，胃里难受的时候给你一杯热
水，难过的时候给你一个拥抱，就这么一直陪在你身边，
不是整天说多爱多爱，而是认真的一句"不离开"。

初见你时你给我你的心，
里面是一个春天的早晨。
再见你时你给我你的话，
说不出的是炽烈的火夏。

三次见你你给我你的手，
里面藏着个叶落的深秋。
最后见你是我做的短梦，
梦里有你还有一群冬风。

全都因为你吻了我一个晚安

秋在云上，你在我心上

在时，你觉得近，不珍惜；
走时，远了，你方知独特与珍贵。
那么，晚安。

如果，你爱我是因为我爱你，那你其实并没那么爱我，我不过是你满足自恋的工具；

如果，你爱我是因为我不爱你，那你其实并没那么爱我，你只不过是太爱赢，而且对疼痛上瘾。

只有我看得懂你的阴影和难堪，你容得下我的偏执和粗疏，我们疼惜着彼此的可爱和不可爱，爱情，才真的来了。

阳光正好，清风不燥。

当轻盈如蝶的云朵，遇上了秋天，美丽的季节便多了一阕诗篇。看那蓝天更蓝，圆月更圆。似水流年，只若初见。

当不经意的我，遇见了偶然的你，生命的长路便多了一份温暖。

这份情，不早不晚，不近不远。

你是春天里的一帛花信，带着青草香，送来莺啼婉转；你是夏天里的一泓清泉，潺潺清韵，任你指尖轻弹。

你是秋天里的一抹惊艳，万顷花田，层林尽染；你是冬天里的一盏灯火，照亮我前行的脚步，驱散了黑暗。

低眉的瞬间，又是一个秋水长天。落叶翩翩，飘过云水间，我提一壶秋风，斟满万千祝愿，望着落霞与孤鹜，飞向远山，静静地，等你涉水而来的信笺。

天高云淡，秋虫呢喃，明媚的阳光洒下一地斑斓。

风缓缓地吹，云悠悠地卷，一路欣喜清欢，安然相伴，那是金秋娴静如诗的浪漫。

捡拾一枚枫叶，画上我的烟雨江南。

问询一片云朵，捎来你的天长水远。

不必喋喋不休，无须侃侃而谈，懂得，便是生命里最美丽的缘。

趁我们还不够老，快去追逐生活的欢笑，日子过去不多不少，不要让人生告别了美好。

趁我们还不够老，快去走遍天涯海角，登上珠穆朗玛峰，畅游夏威夷和南极群岛。

趁我们还不够老，快去呵护身边的老小，漫天的承诺祈祷，不如行动来得真切自豪。

趁我们还不够老，快去写下一路的歌谣，远方的天籁之音，吟唱着生命不屈的骄傲。

趁我们还不够老，快去弥补曾经的遗憾，人世间匆匆来去，将遗憾赶出跌宕的心潮。

秋在云上，你在我的心上。

你有你的深远辽阔，我有我的柔情温婉。

在静谧的天空里不期遇见，写下那淡淡的牵念：你若安好，便是晴天。

我在等，等一季花开，等你来陪我，于是我做一个温馨斑斓的梦；我在等，等一丝云彩，轻轻地拂去心头的阴霾，低柔的照进一缕温暖。我在等，等一片真情去覆盖泪水留下的痕迹。

我也想，你能来陪我勇敢面对每个骤雨狂风的夜。

我还在，在葡萄树下等你，等你给我讲牛郎织女的故事。

我若在你心上，情敌三千又何妨？你若在我身旁，负了天下又怎样？你若与我相许，一世浮华又何惧？

遇上你，只需要擦肩的缘分；喜欢上你，只需要钟情的瞬间；爱上你，也只需要流星划过的刹那。如今，梦在远方，而你在心上；爱在前方，思念在心上。

即使兜兜转转，你心的空间终究会是我的。不论如何走走停停，也是左心房到右心房的距离。灯火阑珊处，蓦然回首，那个长发披肩，笑意清浅的人，依旧是我。

你坚定地走在前行的路上，而我却安静地不曾离开。是啊，因为我不曾约你到白头，所以你也不会知道，我一直未曾离开。

原来，心里有个人放在那里，就成了一件收藏，如此才填充了生命的空白。太阳尚远，但必有太阳。

世界上最美好的爱情，莫过于你宠着我，我爱着你，一心一意；世界上最长情的告白，莫过于你守着我，我护着你，一生一世。

愿意用这一生让你相信：我一直在你身旁，日出日落；愿意用这一生等你发现：你一直在我心上，一生不变。

能够握紧的就别放了，

能够拥抱的就别拉扯，

时间着急地，

冲刷着，

剩下了什么？

谢谢你，

还在我身边。

待你倦了天涯，我陪你执手篱下

待你倦了天涯，
我陪你执手篱下

我会一直陪着你，但我只能短暂地，陪你一辈子。
那么，晚安。

我们都曾渴望这样的幸福：

在山下，有一栋属于我们的小房子。没有城市的喧嚣，没有车水马龙的浮华，有的只是采菊东篱下，悠然见南山。

溪水潺潺，花开四季，自然静谧，穿过新叶的阳光洒下一地斑驳，云淡风轻。

当时的承诺，你许我一世称心如意，只想让我过更好的生活，却不曾想到的是，彼此的陪伴才是最美的允诺。

你总说有人羁绊着你，你总说有梦想在诱惑你，其实是你自己羁绊着自己。

若我有心，你有意，一咬牙一狠心，就便会迎来一片山清水秀，明媚阳光，那是我们的世外桃源。

到了春天，这里有的是满眼的翠绿，扑鼻的花香。午后豢养的猫儿窝在你的怀里，懒懒地晒着太阳，孩子笑容无邪，阳光映在你的眼睑，而远处，飞来几只大雁。

不需要闹钟，当日光从山顶移到山腰处，我们便知该起床了。

日高悬，风拂面，留下丝丝温暖。

我们可以在山下种一些我们偏爱的粮食和蔬菜，还有一路的花草相伴，瓜果飘香。

山下的雪也比以往看到的洁白很多，小屋的檐下还挂着长长的冰柱，在阳光下闪闪发光。我们呼吸着雪后微凉的空气，淡淡微笑。

当然我们可不是与世隔绝，我们同样需要生活。生活并不会为难你我，日子在这里也会很美好。

只是这里的生活慢了许多。曾是江湖策马，而如今则是隔岸看花。

人生不过数十年，总要留给自己一些田园牧歌的时间。何必让生活仓促得让人晕头转向，不分西东？

否则，你永远不知道山多清秀，水多甘甜，天多蔚蓝。

待你倦了世道，与我隐匿山下可好？

还记得年轻时疯狂爱着你，多年后若某日恰巧想起，凭着闯荡过江湖，洗礼过油盐酱醋的头脑再来审视一番，依旧红了眼睛，因为彼时那个没有资格谈未来的自己，已经把你刻在了我的未来里。

万分庆幸地是，你的未来里还有我，我的未来里确实有你。

我知道你有你的天涯和天下，虽然我不能陪你江湖闯荡，不能陪你行走天涯。但是我可以陪你看时光，陪你度过黑夜，陪你期待黎明。

毕竟，我要的爱情，不是短暂的温柔，而是一生的守候；不是一时的好感，而是坚持在一起。

你燃烧，我陪你焚成灰烬；你熄灭，我陪你低落尘埃；你出生，我陪你徒步人海。

你沉默，我陪你一言不发；你欢笑，我陪你山呼海啸；你衰老，我陪你满目疮痍。

你赢了，我陪你君临天下；你输了，我陪你东山再起。

你逃避，我陪你隐入夜晚；你离开，我只能等待。

我掬一捧如水的月色，在梦幻中追寻着你的踪迹，你看到了吗？我愿化身为莲，盛开在有你的天涯，低眉浅笑间的温柔，都是因为有你。

我每每守候在梦中的渡口，只为与你在红尘里写下一篇不悔的篇章，只想在时光中陪伴你朝朝暮暮，在笔尖留下一段梦幻般的美好，演绎出不朽的神奇。

陪伴是最长情的告白，如果这辈子我只做一件浪漫的事，那就是陪你慢慢变老。

一人一花，一树一木，我愿是你心中的那朵花，拥有平淡、长久而又若隐若现的花香。待到花开时节，我把芳香留给你；等到花谢之时，我把成熟留给你。

我知道你就是那个命中注定的人，你看惯了我糟糕的生活，见过了我邋遢的样子，也愿意忍受我有时的坏脾气，还依然愿意陪着我，陪我疯，陪我闹，陪我吃。

你给我平淡的爱情，我陪你过俗世的生活。

你若许我一世清欢，我必陪你采菊东篱；你若陪我煮茶入画，我必陪你赏风听雨。

你若陪我泼墨吟诗，我必陪你共剪红烛。你若陪我烟雨红尘，我必陪你百媚千红。你若不嫌我红颜迟暮，我必不嫌你一世清贫。

待你倦了天涯，我陪你执手篱下。

有一天，当我逝去，

想到你会流泪，我已如此幸福。

真想告诉你，

你是我一生中的一件最美好的事。

当你逝去，

当你回到落叶化成的泥土，

我将认出你，

我的心将挨着你，不声不响，

你知道是我，我知道是你。

我的心挨着你，不声不响

只愿世间风景千般万般熙攘过后，

字里行间，人我两忘，相对无言。

那么，晚安。

我愿是满山的杜鹃，只为一次无憾的春天；我愿是繁星，舍给一个夏天的夜晚；我愿是千万条江河，流向唯一的海洋；我愿是那月，为你再一次圆满。

如果你是岛屿，我愿是环抱你的海洋；如果你张起了船帆，我愿是轻轻吹动的风浪。

如果你远行，我愿是那路，准备了平坦，随你去到远方。

当你走累了，我愿是夜晚，是路旁的客栈。有干净的枕席，供你睡眠。

眠中有梦，我就是你枕上的泪痕。

我愿是手臂，让你依靠。虽然白发苍苍，我仍愿是你脚边的炉火，与你共话回忆的老年。

你是笑，我是应和你的歌声；你是泪，我是陪伴你的星光。

哪怕当你埋葬土中，我愿是依伴你的青草，你成灰，我便成尘。

如果你对此生还有眷恋，我就再许一愿，与你结来世的姻缘。

只有深爱过的人才知道，听到那个人说过的话，走到曾走过的街，看到像他的身影，听到他喜欢的歌，听到他的消息关于他的事情，哪怕是看到他名字里的一个字儿，心里都会咯噔一下。

你知道吗，我就是这样在爱着你。你知道吗，所有的深爱，都是秘密无言。

因为，深爱是胸有雷霆万钧，唇齿间只有云淡风轻。

深爱一个人，可以让一个清醒者迷茫；拥有别人的深爱，可以让一个迷茫者觉醒。能够慢慢培养的不是爱情，而是习惯。能够随着时间得到的，不是感情而是感动。

我很幸运，在我有限的生命中有一个你。因为有你，我的人生变得丰盈美丽，我知道在人生的路上，会遇到很多的风景，而你，永远都是我生命中，最美的、唯一的风景。

在这个世界上，不是所有的爱情都能化为深情，但唯有深情，能包容时光的懈怠。

如果生命是一段旅程，那么我会单纯地相信，你是那个前世和我约定的人，来和我共一场相逢。

这个世界上，没有人能够像你一样，霸道地占据着我的快乐、我的忧伤、我的思想，我的牵挂，经过岁月的洗礼，成就了生命中最美的风景，美如一道精彩的虹、美如阳光般灿烂。

知道你要去很远的地方，但是一定记得回头看看我。

就算我不在你的视线里，也请偶尔转过身，说不定带着你呼吸的空气，会漂洋过海，会横跨星空，会被季节轮换时带起的风，一直吹到我身边。

也许你不知道，你宛如一束带露的鲜花，在我心的庭院里，洒落一地温馨，我看到自己的天空里，飘着七色的彩霞，闪耀着灵动的美。

你在我的生命中，像冬日里那束温暖的阳光，像夏日里那缕清凉的风，温柔轻柔。

我愿意执一把油纸伞走过江南小巷，我愿意身披长纱走过荒漠戈壁，我愿意翻越千山横渡万水，我愿意一杯清茶午后静坐，我愿意不知疲倦默默跟在你身后，我愿意陪你走过春夏秋冬……

如果等待可以换来奇迹，那么我愿意一直等下去，是一年，抑或是一生。

你永远是我深爱的一处风景，这道风景，是一首写不完的美丽之诗，一支唱不尽的动听之歌，一幅赏不够的迷人之画，一束嗅不尽的芳香之花，一本读不完的情感之书。

愿你和我的今生，是一份能够白头的爱的契约，是两个人一生的无字约定。

　　爱是一份心境，爱是相互的感动，爱更是一种懂得，把理解的种子种在心上，就会开出朵朵洁净的玫瑰，那是一份真爱，是肝与胆的相照，心与脑的一拍而合。
　　我们之间的爱情不需要言语的表白，就能心领神会。
　　我见过你最深情的面孔和最柔软的笑意，在炎凉的世态之中灯火一样给予我苟且的能力，边走边爱。

除了爱你我没有别的愿望。

一场风暴占满了河谷，一条鱼占满了河，

我把你造得像我的孤独一样大。

整个世界好让我们躲藏，

日日夜夜好让我们互相了解，

为了在你的眼睛里不再看到别的，

只看到我对你的想象，只看到你的形象中的世界，

还有你眼帘控制的日日夜夜。

待你倦了天涯，我陪你执手篱下

这世上的美好，唯你而已

当时我不懂事，以为必须惊天动地才不枉爱一场。

可是后来长大了，才知道传奇远而粥饭近，一茶一饭其实皆是爱意。

那么，晚安。

如果没有你，我的世界不再继续。灰蒙蒙的天不再是我们快乐的见证人，没有你熟悉的气息，连空气都会变得窒息。

身边没有你，我会陷入永久黑暗；眼中没有你，我的眼里没有色彩。

如果没有你，我的季节不再继续，孤独的内心会变得百孔千疮，从此只剩相思痛苦的记忆。我的幸福将不再继续。如果没有你，暗淡的生活将会更加孤僻和寂寞。

这世界上的一切，如果没有你，谈何美丽？这世界上的一切，如果没有你，谈何圆满？

假如人生不曾相遇，我还是那个我，偶尔做做梦，然后，开始日复一日的奔波，淹没在这喧嚣的城市里。

我就不会了解，这个世界还有这样的一个你，只有你能让人回味，也只有你会让我心醉。

假如人生不曾相遇，我不会相信，有一种人可以百看不厌，有一种人一认识就觉得温馨。

假如不曾遇见你，我又怎能深刻地体会到什么叫远，什么叫近，远是距离，近在心底。

假如不曾遇见你，我不会相信，我竟然会牵挂一个远方的人。你让我有了深切的愿望，愿你快乐每一天。

假如不曾遇见你，我不知道自己有那样一个习惯，总在不知觉地收集你的欢笑、表情，收集有你的记忆和在未来的假象。

假如不曾遇见你，我不能深刻地体会孤独和忧伤，是你让我感受到了莫名的感动，是你让我辗转反侧。若不是你，我怎么会知道，原来想念一个人的滋味是这样的苦涩和心酸。

假如不曾遇见你，我怎会理解孤独感会是那样的刻骨铭心，它夹杂着彷徨、无助、失落、困惑。因为遇见了你，这些酸楚才会变得更有意义。

假如不曾遇见你，我不会理解，一个人的笑足以媲美一个新世界，一个人的难过可以牵扯到24小时的心情。若不是你，我不会发现自己有在人群中一眼就找到你的超能力。

假如不曾遇见你，怎么能够感悟得到，爱情只有演化为亲情方可以维持得更久。

假如不曾遇见你，我仍然是我，你依旧是你，只是错过了人生最绚丽的奇遇！

我和你一见钟情，是情意相投下相见恨晚的情愫。我和你一见倾心，是在对的时间遇见了对的那个人。

遇见你之前，我就始终相信，缘分的渡口，总有那么一个人，不近不远，不早不晚，在等待着我的出现。

一次回眸，缤纷了季节，一份留恋，芳香了时光，一次驻足，温润了流年，一份懂得，嫣然了初见。

相顾无语的刹那，便读懂了彼此眼眸里的脉脉深情，一见倾心，再见倾城。

无须表白，一种心动就萦绕在心里，一种欢愉就婉约在眉间。

无须多言，一份相知，是前世未了的情，一种爱恋，是今生不解的缘。

这世间，总有一种邂逅，是灵魂的隔世重逢，就像你我的遇见。你从一抹绿色的诗行里向我走来，深情款款。走近了的你，犹如春天靠近了我，我靠近了你，便像是靠近了温暖。

一直相信，爱，无关乎时间长短，情，能跨越山遥水远。

你对我很重要，没有你，我像是鱼儿离开了水，像是花儿离开了枝头。因为你，我才知道世界那么美好。

因为我心里有你这么一个人，所以我会突然在极热闹的场合下感受到一种寂寞。

　　全世界陪着又如何？只希望与你静度时光。没你在的时候，热闹，也与我无关……

　　缘分真的是很奇妙，有的人相伴一生，也走不进你的心灵，而有的人，只需一眼，便再也走不出你的牵绊。

　　你让我相信，我们之间的爱，能够温暖我们整个的生命，能望穿最深的流年。

如今我笑，如果你笑；我唱，如果你唱；

你入睡，我睡在你的脚下犹如你的猫；

甚至我的影子，

都带着你春天的气息。

我战栗，如果你的手触着了锁；

我祝福那呜咽的黑沉沉的夜，

它让你清晨的嘴在我的生命里开花。

你是清晨我不忍惊醒的猫

对不起，其实我说了那么多情话都是瞎编的，

浪漫都是学别人的，玫瑰是我偷来的，

可我爱你却是真的。

那么，晚安。

所有的离别，都是一个伤感的句子，只是我希望离别之后不是句号，而是破折号，指向一个带着笑容的温暖明天。

　　于是你变成了清晨我不忍惊醒的猫，你变成了接一个吻后便匆匆离去的船员，你变成了缱绻回忆的一抹春色，你变成了我一场夹杂着细雨的梦。

　　我想念你。如同大风想念草帽，如同犀牛想念灵犀鸟，如同少年派想念不回头的老虎。

　　让我的云，轻轻地飘过你的空，在晨曦日暮的流彩里期许，在温情脉脉里婉约晶莹。

　　让我的风，柔柔地抚过你的影，在纯真清澈的笑意里轻盈，在流年寂寂里波澜不惊。

　　让我的雨，温温地洒过你的晴，在梨花似雪的邀约里虔诚，在十年聚首里拥抱重逢。

　　让我的字，款款地落在你的城，在繁忙节奏的温润里栖息，在璀璨烟火里祝福同行。

　　是你让我读懂了身边这个任性、撒娇、唠叨、爱哭的你。

　　你让我知道，你是信任我才会任性、喜欢我才会撒娇、关心我才会唠叨、心疼我才会落泪……你让我明白，你同样有冷静持重的一面，但凡你还爱着我，你就不会让我看到。

你还让我明白，有些人，不是真的脾气好，只是有爱，自愿脾气好；有些人，任性，不是真的任性，她只是在有人爱时，才这样撒娇。

心，被一串串的记忆落寞；爱，在一段段的回忆中缠绵；心事如尘，亦可如花。

我深知，有些美丽，在心便是温暖；有些过往，恬静便是最佳。于是我习惯于悄然把一些念想。不去计较得失，也不去想对错与是非，让往事随风，让思念沉香……

因为平淡，我们的爱情有时会游离原本温馨的港湾；因为好奇，我们的行程会在某个十字路口不经意地拐弯，就在你意欲转身的刹那，你会听见身后有爱情在低声地哭泣，因为别离。

如果没有你，这个世界即使再美丽，也与我无关。

我来到这个世间，是和你相遇的，冥冥之中，已经为我们做好安排，在最美的年华，在最适宜的时间，演绎了一场人间最诗意的遇见。

从此，我的梦境不再孤单，因为有爱的心，无数的时光，便是无数的欢乐，便是无数美丽的心情在闪烁。看到的每一张面孔都是温馨的花朵，都在向世界含笑致意。

这样一个洁净的世界，孕育着一颗颗善美的心灵，我幸运地找到最柔软的这一颗知我，懂我的心灵。我没有理由不把自己交付给这样的人，交付给这样的幸福。

为了这颗心，我愿意倾覆一生的柔情，陪你走过风雨，走过险滩，走过暗礁，走向人生的坦途。为你的痛而痛，为你的梦而梦，为你的乐而乐。

尽管身边的风景无数，我只在乎有你的风景，静静欣赏，用心懂得。尽管有时忙得无暇顾及，我还是喜欢凝望你深情的眼眸，在你轻轻相扣的掌心里，感受你传递过来的一份热烈，一分踏实，一份安暖。

流年里，心怀禅意，不与纷争，只为那份纯、那份真、那份念，那一份感动和温存。你是我隽永的文字，你是我浪漫的诗情，从指尖长长地静静地流泻。

在十几亿人当中，我遇见了你，这是不是爱的奇迹？尽管世间有风情万种，没有那一种抵得上你的好；尽管这路上人海茫茫，但入我眼的都是你的身影。

唯有你，我情有独钟！

因为你，我只想要一份简单的爱情，日出而作，日落而息；我们
一同享受每天清晨的阳光、微风、雨露、黄昏。

这才是我们青睐的美丽风景，我们不需要停留在回忆里的，因为
当我们觉得幸福的时候，不管我们看到什么样的风景，都是美丽的，
就算孤独了也不会寂寞。

愿我们的爱经得起流年和等待，经受得了重逢和别离。

比起早安，我更喜欢晚安，
闭上眼，念着最爱的人才能一晚心安。
那么，晚安。

我去了我们上一次见面的地方。
什么也没改变，花园照管得很好，
喷泉喷射着它们惯常的稳定的水流；
没有迹象表明某事已经结束，
也没有什么教我学会忘记。

只因这个地方还和从前一样，
使得你的缺席像是一股残忍的力量，
因为在这所有的温柔之下，
一场地震的战栗来临：喷泉，鸟儿和青草
因我想起你的名字而颤抖。

止于唇齿，掩于岁月

只有时光看得到，我以什么姿态在爱你，
也只有时光听得到，那些我给你的温声细语。
那么，晚安。

有时候，我会选择与你保持一定的距离，不是因为不在乎，而是因为我清楚地知道，你还不属于我。

人生遇到的每个人，出场顺序真的很重要，很多人如果换一个时间认识，就会有不同的结局。

或许，有些爱，只能止于唇齿，掩于岁月。

多想有一天醒来，阳光在，明媚在，爱情在，你在。

夜，逐渐来临。微风拂面而过，手捧一盏香茗细品，任凭浮世千般。在一弯新月里仔细思量，醉了清风也醉了时光。

多少令人难忘的往昔化作笔尖残墨，在点点墨香里缅怀过往。就让所有的心绪在这夜里低吟浅唱，寄语一瓣心香，我在红尘深处洒下如水的温柔，只为等待你的到来，你知道吗？

岁月里，总有最激情的一笔，永远在季节的枝头上绚丽；生命里，总有最精彩的一页，珍藏在记忆的长廊里。

一种心灵的相通，源自灵魂深处，相见恨晚里，总有一种心动，绵延了两地闲愁。

我懂你的苦，知你的忧。懂你坚强的外表下，包含着一颗脆弱的心，知你默默无语的守候里，潜藏着一份眷眷的情。

你亦懂我，懂我细腻温婉的心思，知我欲语还休的情怀，懂我欣喜背后的纠结，知我低眉浅笑的爱恋。

不曾相许，无须相约，心与心的默契，总能触动我最柔软的情怀。

有你在的季节总是很安静，适合外出，也适合待在家里，或观赏，或遐想。我在书里找世外桃源，你在书里理清江湖恩怨，我们不多言语地坐着，一切都是那么美好。

走过的路，路过的风景，都留下了深浅不同的痕迹。而我，只愿在一朵花里沉醉，在一杯月色里留恋，享受时光赐予我们的美好。

我们都是孤独的刺猬，只有频率相同的人，才能看见彼此内心深处不为人知的优雅。我相信我们是这世上唯一一个能懂对方的人，在偌大的世界中，我们会因为这份珍贵的懂得而不再孤独。

一路走来，只盼望这相遇时盛开的一朵花，能在彼此的回忆里留香。哪怕岁月老去，你在，我在，便是这一生中最美的时光。

喜欢在微醺的时光里，安静地赏一朵花儿的绽放，看一枚花瓣轻轻地落下，喜欢在风中邂逅了一缕浅浅的忧伤。

对你的思念变成了一朵妩媚的花，妖娆地盛开在离人的心上，把曾经的美丽和温柔，都开成了彼岸遥不可及的向往。

轻嗅一缕花的馨香，我的泪落在了花蕊上。带着那个粉色记忆的梦想，让一颗心在蝶儿的翅膀上流浪。

总想为六月写下一首诗行，用婉约的诗句留住你的目光，而那些藏在思念里的疼，却不知道该用什么来遮挡。

夜色温柔的情怀渲染了心里的那抹浓浓的念想，渐行渐远的光阴里，如何才能让有你的岁月不会荒凉?

我在一朵花儿里冥想，你的微笑在我的流年里绽放，多想有一场花开里的重逢，多想守候一份爱的地老天荒。

原来，爱和恨从来就没有单独存在过，一直是一起存在的，只不过是某个阶段中，爱比恨多了一点儿，所以看见了爱，模糊了恨；或者恨比爱多了一点儿，所以看见了恨，模糊了爱，而我们，就都在这些被模糊了情感中，最终模糊了自己。

剪一段洁白的月光铺在离别的那条青石小径上，让握在手心里的温暖，在时光的深处淡淡地留香。爱若琉璃，流年未央。拾一纸文字梳理过的美好过往。

我就这样，行走在时光的路上；你就这样，一直走在我的心上。

路过东京繁华，见过巴黎妩媚，

唯有你，是我无论走到哪里都要收入怀中的行李。

那么，晚安。

我昨天很爱你，今天不想爱了，
但我知道，明天醒过来，最爱的人还是你。
那么，晚安。

在你孤独，悲伤的日子，

请你悄悄地念一念我的名字，

并且说：有人在思念我，

在世间，我活在一个人的心里。

我什么都没有，
只有一颗陪你到老的心

我总会遇到一个令自己一见倾心的人，

在那个繁花盛开的年华，在那个春日暖暖的时光，

或倾国倾城，或白衣飘飘。

那么，晚安。

很久很久以前，我就想着，假如我有一个心上人，我要把我的愉悦和快乐全部弹给他听，把我的悲伤和难过全部哭给他听。

我的心上人，就是你。这世上只有你最懂我，于是我便拥有了一段温暖的岁月。

我什么都没有，只有一颗陪你到老的心。

是你让我明白，原来相遇不是在人海，而是在心上；相守不是一定在身体旁边，而是在灵魂里相互眷恋。

你让我知道，心灵深处的懂得，胜过万语千言；精神层次的认同，超越风尘俗世。

你在我心上，温柔而疼痛。蓦然回首时，湿了我的脸颊，模糊了你的脸庞。在岁月的深处，我常常能看到你如往昔般微笑的样子，这微笑，是我心底最美的守候。

我将你的心放在我的心上，两心相伴，相濡以沫。任落花在流水中重开，任四季在指尖流动，任容颜在岁月中老去。只需要一眼凝眸，便心心相印，冷暖两知。

如果那天我不曾和你相遇，那么我将不会拥有那份痛苦，那份悲伤和那份饱含泪水的回忆。然而，若不是遇见你，我也无法体会到这份愉悦，这份心动，这份珍贵，这份温暖而又充满幸福的感觉。

　　有时候，我需要的不过是一双可以依靠的臂膀，一个能读懂自己沉默的人。

　　希望有一天，能陪你去你曾经的学校，逛逛操场，去你上过课的教室，坐在你的座位的后座，再轻声地告诉你："对不起，错过了你的青涩岁月，但是愿和你一起度过成熟，陪你走向老去。"

　　人有时候会突然变得脆弱，突然地就不快乐，突然地被回忆里的某个细节揪住，突然地陷入深深的沉默，不想说话。

　　希望有个人懂我，于夜色阑珊处，在物欲丛生外，可持心相对，能无语传情。

　　如若你懂，请于飞花流翠的季节里，轻织浪漫的情怀，让软红香风在瓦蓝的天幕下，吻落冬遗留在我脸颊上的泪痕。

　　如若你懂，春花已倾城，彩蝶亦翩然，可否折一枝垂柳为素笔，在落花铺满的粉笺上，用绵延的相思，描我的容颜。

　　如若你懂，请托一枚紫色的风信子，典藏着你倾世的温柔，赴一场春天的旧约，我将于浅笑的眸光里，怀念你深情如许。

　　如若你懂，请用云影作梦引，待你拂过我云鬓的青丝，我定在笔下含情脉脉的诗行里，为你种一颗相思的红豆。

如若你懂，梧桐细雨后，能否在剪不断的彩虹下，用一抹暗香点缀我轻舞的罗裙，用深情的笔墨，为我一生画眉。

如若你懂，莺啼花发时，能否用你一身诗情为我落墨成诗，让我住进你文字的桃源里，像不灭的星子开在你的黑夜里。

如若你懂，请携一株温婉的黄玫瑰，换我一低头的温柔，在静默的时光里，看一窗烟火垂落，紫陌红尘。

我用深情为笔，缱绻研磨，书一行绿色的诗笺。你若懂得，每一朵花间，都写满了思念，每一叶碧绿，都藏着深深的眷恋。

爱情本来就是一场不分输赢又蛮不讲理的游戏，且结局要么是依偎到老，要么就是分手离场。所以，我也没必要再去苦苦纠结自己到底付出了多少，又得到了多少。这样只会令自己处于一个死不甘心又苦不堪言的状态。

因为我知道，我所有的付出都是我心甘情愿的，我愿意相信你，也有勇气去拥抱未来。

我羡慕的不是风华正茂的情侣，而是搀扶到老的夫妇。有一种背景叫幸福，这种幸福叫白头偕老。

所有的爱情都是夹杂着风险、幸福、危机和勇气。我拥有爱着你的权力，也愿意承担所有可能出现的危险；我既然有了陪你到老的决心，也就无所谓种种曲折和刁难。

　　原来，人一生的幸运不是遇见最好的人，而是能遇见我愿意陪着到老的人。

　　等到老了之时，也许我们才真正明白，到底我们穷尽一生，想要的是什么，或许我们得到过，又失去了，或许我们从未得到过，或许得到的并不是我们想要的，那又有什么关系？

　　从相爱，到老了，至少我们得到了一段足够幸福的人生。

"晚安，巴黎。"
"早上好，上海。"

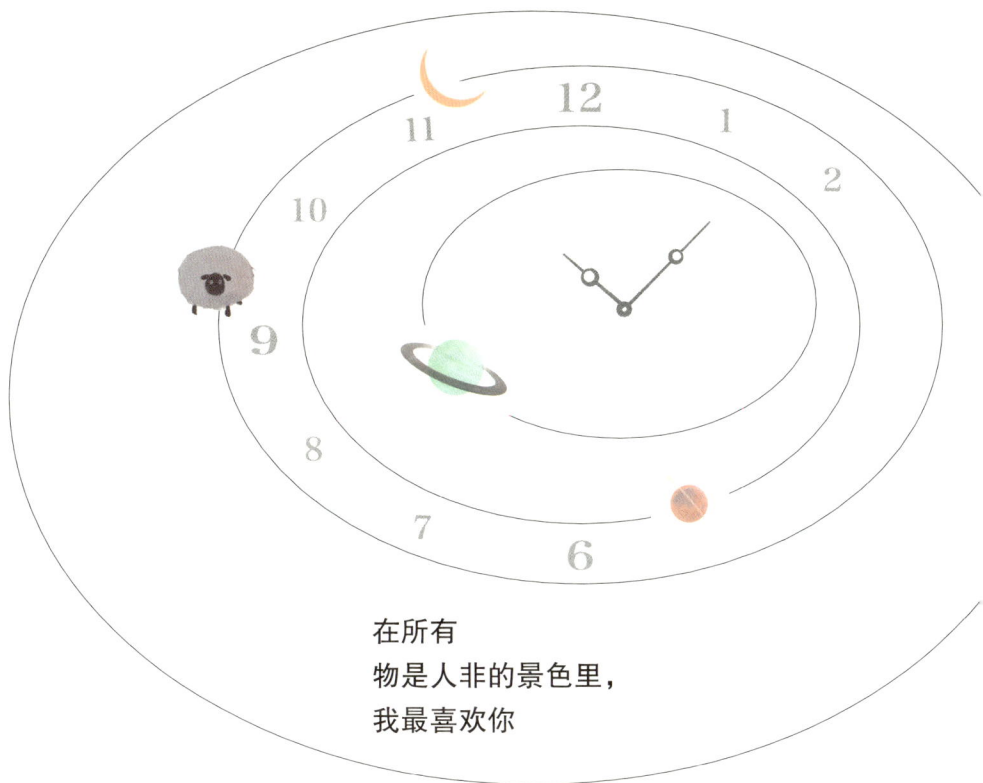

在所有
物是人非的景色里，
我最喜欢你

如果有人愿意在你们聊天结束时，每次都以他的话为结尾，诸如"嗯嗯"之类毫无营养的，甚至把说过的晚安再重复一遍，不要以为他啰唆，他只是把话语中断的失落感揽到自己身上。这样的人内心是很温柔的，错过了就很难再遇到了。

公元前我们还太小，公元后我们又太老，我再也见不到，你那一次真正美丽的微笑。

我的心是旷野和鸟，

已经在你的眼睛里找到了天空。

你的眼睛是早上的摇篮，

你的眼睛是繁星的王国，

我的歌声消失在你眼睛的深处，

就让我翱翔在那一片天空里吧。

全都因为你吻了我一个晚安

纵使我有一千张地图，
也在你眼里迷了路

我的手表已经对好了，衬衣已经熨好了，

微笑刚好露八颗牙齿，就差一个你了。

那么，晚安。

如果你问我喜欢什么？我会说喜欢看你的眼睛，因为里面有我幸福的微笑！

如果你要送我礼物，我要你上衣的第二颗纽扣，因为那是靠你心脏最近的地方。

你知道吗？为了能住进你心里，我整理了千百张地图，可即便如此，我还是在你的眼里迷了路。

你笑一次，我就可以高兴好几天；可看你哭一次，我就难过了好几年。

因为有你，心情会突然变得美丽，也因为是你，心情会突然陷入冰谷。梦在浅浅地打开，就像你，在缓步地走向我。

如果可以和你在一起，我宁愿让天空所有的星光全部陨落，因为你的眼睛，是我生命里最亮的光芒。

我喜欢看你的眼睛，你的眼睛如同浩瀚的银河，里面星光点点。

你的眼睛就像在我心中深深埋藏的一条湍急河流，让我无法泅渡，那河流的声音，就成为我每日每夜思念的歌唱。

凡世的喧嚣和明亮，世俗的快乐和幸福，如同清亮的溪涧，在风里，在我眼前，汩汩而过，温暖如同泉水一样涌来。我没有奢望，我只愿你快乐，不要哀伤。

你的眼睛如同穿过云层的阳光，照亮我平凡无奇的生命。每当我轻微抬头，总能看到你眼中明媚的深情，就像无边沙漠里的春风，拂过我百无聊赖的心灵。

我也最爱那双沉默深邃的眼睛，它总能为我唱起晨钟暮鼓的希音。若是我披起薄如青烟的忧伤，它也能化作春暖花开的光芒。

我感激生命里遇见，这双独一无二的眼睛。它看着我从黄昏继续走向天明，也许我不能做你生命里的四季，但你一定是我眼中最闪烁的明星。

你的心在偷偷地微笑，你的眼眸告诉了我。

痴痴地看着照片上的你，那样的温柔，又是那样的俊朗、飘逸，恰好与你身后的背景融合在一起，那一片圣洁的自然，那一片绿色的屏风，那一座高耸入云的雪峰，令人荡气回肠，流连忘返。

我没有想要和你一起入画，我的心被这一片真实的场景所蛊惑。如果有一天，我能走进这一片神圣的自然，还能看到你和自然相融时的美，这就是我的心愿，这就是我的梦。

总能在人群中一眼看见你的眼睛，那样清澈带着几分羞涩，像月亮的银光洒讲大海的柔波，把爱情的种子悄悄撒进我心间。

总是在孤寂的夜里想起你的眼睛，那样热切带着几分忧伤，像太阳的光芒驱散寒夜的凄凉，把爱情的种子悄悄撒进我心田。

无论在哪里我都能看见你的眼睛，像一泓深潭深深把我映照，那里有我的欢喜我的忧伤。

无论相隔多远我都能看见你的眼睛，像一根丝线长长地把我牵挂，我能看见你的欢喜你的忧伤。

无论分别多久我都不能忘记你的眼睛，像一张网紧紧地把我围困，从此我一生思念难逃惆怅。

我迷恋你的眼睛，迷恋你新月般甜美的眼睛。它闪烁春光般令人舒畅心醉的光波，如宝石般澄澈。同时拥有阿芙洛狄忒迷人的身影与雅典娜的纤步盈盈，在一瞬间我还看到缪斯的灵光闪动。

当你俊美的脸上荡起甜蜜的微笑，我那被世俗禁锢的心蓦然解冻苏醒，仿佛桎梏于严寒结满冰雪的山峰倏地笼罩于和煦的春阳中。

一切冬眠的种子都复苏萌动，一切伤感失落都溶解成希望与神往的水滴，它们无声汇成溪流，让一种激情欢歌远行。它们高擎着赞美你的浪花，粼粼的波光标榜着你的身影。

　　亲爱的！我知道，即便我今生化成一片汪洋，我也只能映衬你晨光中的秀妍，夕阳中的风情。但这样我也足慰平生。

　　有时最美的爱是一种守候，就像夜色守候灯火，天空衬托繁星。

"亲爱的，我的上眼皮爱上了下眼皮。"

"那么，晚安。"

全都因为你吻了我一个晚安

"晚安，月亮、窗户和灯。"

"晚安，我爱的你。"

你总有一天将爱我，

我能等。

你的爱情慢慢地生长，像你手里的这把花，

经历了四月的播种和六月的滋养。

今天我播下满怀的种子，

至少有几颗会扎下根，

结出的果尽管你不肯采摘，

尽管不是爱，

也不会差几分。

在所有物是人非的景色里，我最喜欢你

一个人愿意等待，
另一个人才愿意出现

我还是会相信，

星星会说话，石头会开花，

穿过夏天的栅栏和冬天的风雪过后，你终会抵达。

那么，晚安。

每当离别到来的时候，我期盼的眼神里，最渴望的就是你归来的身影。思念的痛苦，只有等待的人才会懂。但我知道，失落只是暂时的，你的到来将会赶走所有的阴霾。

如果时间可以保存在瓶中，我第一件要做的事，是将每一天都存起来直到永恒消逝，然后与你一同分享。

等待是一种魔力，等的时间越漫长，我的愿望也就越强烈。它能把平庸的东西变得神奇，也能带给人们无限的惊喜，就像你在远方，而我知道你会回来。

一个人，寂寞也好，孤独也罢，甘愿用泪水去浇灌等待的种子，迟早它会开成花。

我不否认我羡慕那些花前月下的人儿，他们的牵手，每一个动作都会让我想起我们的点点滴滴……但我不嫉妒他们。

我始终相信，我爱的你比他们优秀，爱你的我比她们认真，我相信我们的感情更坚实，也相信我们会永远在一起。

我选择了你，我从来就没有后悔，我也不会后悔，无论是过去，现在，还是未来，无论怎样，记住，我爱你，我就愿意等你。

如果人生没有了你，我的生活又将会是什么样子。不会哭，也不

全都因为你吻了我一个晚安

会笑，更不会像现在这样幸福着你给的快乐。

你打破我对爱情的恐惧、胆怯和怀疑，让我相信爱一直都在我的身边，从未走远。

曾以为幸福离我很远，或者是我从未幸福过，也或许是我再也感觉不到温暖。就这么活着，安逸、简单，其实也挺好的。

谢谢你一直都愿意相信着我，等着我，在我的身边总是默默地陪伴着。从来没有想过，我会遇到生命中的你。对我那么好，那么包容我，理解我，支持我，幸福着我们在一起的幸福。

我相信我们会幸福的，因为我们之间什么都是刚刚好，脾气刚好互补，身高比例刚刚合适，会吵架、会斗嘴，却让我明白你不会走，没有谁单方面对谁好，会把彼此放在心里。

我就想踏踏实实地和你在一起。我喜欢你，你喜欢我，没有秘密，没有出轨，没有不开心。

性格不合适可以磨合，习惯不一样可以适应，只要都有一颗想一直走下去的决心就好。

故事没有结局，我的幸福生活因为你而开始。谢谢你陪我走了一段美丽的旅程，因为让我更加地肯定你，相信你。

遇上你是我的缘，守望你是我的分，陪着你是我的幸，爱着你是我的福。天涯海角，海枯石烂，你若不离不弃，我必生死相依。

我相信，你会是这个世界上最爱我的人，无论我此刻正被光芒环绕被掌声淹没，还是当时我正孤独地走在寒冷的街道上被大雨淋湿，无论是飘着小雪的清晨，还是被热浪炙烤的黄昏，你一定会穿越这个世界上汹涌着的人群，你会一一地走过他们，走向我。

你一定会怀着满腔的热，和目光里沉甸甸的爱，走到我的身边，抓紧我。

你会迫不及待地走到我身边，如果你还年轻，那你一定会像顽劣的孩童霸占着自己的玩具不肯与人分享般地拥抱我。

如果你已经不再年轻，那你一定会像披荆斩棘归来的猎人，在我身旁燃起篝火，然后拥抱着我疲惫而放心地睡去。

我一定会等到你，你也一定要来。

在年轻的时候，在那些充满了阳光的长长的下午，我无所事事，也无所畏惧，只因为我知道，在我的生命里，有一种永远叫做等待。

挫折会来，也会过去，热泪会流下，也会收起，没有什么可以让我气馁的，因为，我有着长长的一生，而你，你一定会来。

Good Night

所有的离别，

都是一个伤感的句子，

只是我希望离别之后不是句号，而是破折号，

指向一个带着笑容的温暖明天。

那么，晚安。

睡前给你讲个故事吧，

这故事很长，我怕我一时讲不完。

那我长话短说吧，

我想你了，晚安！

我始终不能问你，正如我不能像问路一样，

问一株草关于春天到来的消息，

我始终不能问你的感情。

而当你若有所悟向我走来，

我欢悦的心和这片透明的森林突然变得很静，

每簇桃花都安分守己，

漫山遍野的云都为你起身站立。

在所有物是人非的景色里，
我最喜欢你

关于想你这件事，

躲得过对酒当歌的夜，躲不了四下无人的街。

那么，晚安。

我们平凡人能经历的最大的勇敢，也许是，失恋后，仍能相信爱；被讹诈后，仍能继续帮助人；受骗后，仍然能相信人。

但对我而言，这一辈子最大的勇敢，是爱着你，任凭这时光匆匆，随便它繁华落尽。

你给我的爱，从不浓烈，而是一杯清茶，优雅从容。你说，一个优雅从容的女子，就算容颜珠黄，气韵如初。

我给你的情，绝无束缚，而是一种体谅、理解与支持，因为我知道，一个才气横溢的男子，就算白发苍茫，也有儒雅魅力。

其实，我们对对方的要求很小，只要我们在这静好的岁月中，不急不慌，一不小心就到白头。

爱是病中的一杯热茶，爱是冷时的一件外套，爱是累时的一个拥抱，爱是无助时的一个依靠，我们从来都不知道爱情是否容易或简单，但我们知道，平淡的相守才是最真的暖。

是你，让幸福离我很近，所以我，要用心感念，体会在生活中的所有小细节。

原来，爱就是让一个人住进另一个人心里。偶尔甜蜜，偶尔伤感，无欲无求，无关风月，只因心已相连，无怨无悔，无关距离，只因情已刻骨。

感恩世间所有的因缘际会，当我和你的眼光交会的那一刹那，抵得上人间万千的暖。

我们之间，邂逅是因为缘，相爱是因为分，而相守是因为爱。

流年尽头，我们就算被岁月引向苍老，但我们对彼此真诚的关爱，会变成一道风景，在记忆的年华里低吟浅唱。那些曾经的温柔相伴，那些洒落在岁月中的细微美好，即便隔着光阴的距离，也会在心底，温暖一生。

喜欢这样的静好，携手在清晨漫步，花草上的雨露不是我们的，却也有为我们感动的一滴；这繁华不是为我们开的，却也芬芳了我们的心房。

眼前的日子，如水一般澄澈，散发着淡淡的清欢，我们都不愿有人轻易将这样的生活打乱。

很久以来，两个人，半盏茶，两本书，无声无息，却温柔安定。各自轻拥一片属于自己的时光，却能共享生命的清雅和恬淡。

这样清浅的时光，就是一行流动隽美的诗，可以坐拥一杯茶的安暖，也可以闻着花儿散发的清香，闲看蔚蓝的天空上白云悠悠。

此时的心灵深处总有阵阵清风拂过，柔柔暖暖的；总有如水的心境漫过，清澈怡人。只有这样的简单相伴，才能让一颗心在尘世浮躁中安静下来，无所挂碍。

一直很喜欢"浅浅"的这个词，浅浅的是雨后落花的香味，浅浅的是初夏万物的色彩，浅浅的如流云一样洒脱，浅浅的如清风一样温婉，浅浅的如你的吻、你的微笑、你的问候……

我知道，你那浅浅的情意是最深情的表达。浅浅的一切，真好。

感情，不浓不烈；距离，不远不近；想念，深浅参半。

时光，浓淡相宜；人心，远近相安；岁月，浅笑嫣然。

你经常说，人，不可能尽享世间所有的好，有缺口的东西才算完美，在得不到的时候，换一种状态，打开心灵的窗子，埋下一枚阳光的种子，让生命充满温暖的底色，然后再慢慢描绘，增添色彩，日久之后，定会多彩。

尽管这样的时光会略显单调和无趣，但我们从来不觉得无聊。

生命中的有些遇见，纵然隔着山高水长的距离，也终会遇见。要不然，我开得烂漫的花，怎可能遇见一脸天真的你？怎可能在我长久的一生中，总有你不离不弃的关怀，温暖我日渐苍老的灵魂？

远去的流年里，每段故事都会苍老，唯愿故事里的我们一直都安好。

无论过去了多少年，不管你已经变成了什么样子，就算所有景色都已经物是人非，我还是，最喜欢你。

午后的玻璃，

闪耀着流水的光芒，

那些花，朝生暮死，

那温暖的浆果，

总是过早地柔软、腐烂。

亲爱的人啊，

你有滚烫而痛苦的幻想，

我有一件旧事，

想与你分享。

在所有物是人非的景色里，我最喜欢你

我永远都不会放弃，
一个我每天都在想念的人

所谓爱情就是，

有那么一个人，可以轻易控制你的情绪，

前一刻让你哭，下一刻又让你笑。

那么，晚安。

145

等待的苦不是每个人都能体会的，等待的滋味不是每个人都能品尝的。有时它需要耐心，有时它需要分分秒秒的计算，有时它需要一点点地流，有时它需要一丝一毫的光阴积攒。

而我等你，不是一时半刻，我知道需要我整个的一生。

我知道，这过程也不是一时半会儿就能完成。它是一部巨著，是一部人间的奇书，需要我在每一个日子里都勤勉不止，积攒起我对你的思念与渴望。

有时我也怕，怕光阴之手斩断了我对你的思念；有时我也怕，怕我的等待会将我的忍耐之翼折损。

你让我知道，喜欢只是知道对方最好的一面而喜欢他；而爱就是明知对方最差的一面，却仍然爱得义无反顾，就是明知道会因此而受苦，可依旧心甘情愿。

我们之间的爱，不是每天都挂在嘴边，而是埋在心底的最深处，一直没人知道；我们之间的感情，不算刻骨铭心，但一生只爱这一次，永远都不会改变。

我可以不是你第一个喜欢的人，不是你第一个牵手的人，不是你第一个拥抱的人，不是你第一个亲吻的人，不是你第一个拥有的人。

但希望，我是你遇到痛苦第一个想倾诉的人，是你遇到快乐第一个想分享的人，是你遇到挫折第一个想依靠的人，是你今生以后第一个相伴的人。所以请将你心里的某个第一交给我。

爱到深处是无言，情到浓时是眷恋，不求彼此拥有，只愿一生相守，不求海枯石烂，只愿心灵相伴。

最真的爱，是心灵深处的语言。爱，不求繁华三千，只求一心一意；爱，不求轰轰烈烈，只求不离不弃。

今生，你是我最深的眷念。幸福就是你能读懂我，温暖就是你愿意一直陪伴着我。

人，总有脆弱的时候，并不需要太多的浪漫和语言。如果你累了，我有一个拥抱可以给你；如果你痛了，我也有一句"懂得"可以给你安慰。

即使两两相望，也是一份无言的喜欢；即使默默思念，也是一份踏实的心安。

最长久的情，是平淡中的不离不弃；最贴心的暖，是风雨中的相依相伴。

你让我明白，家应该是平淡的，只要每天都能看见亲人的笑脸，就是幸福的展现；爱可以是简单的，只要每天都会彼此挂念，就是踏实的情感。

你让我明白，幸福并不缥缈，在于心的感受；爱情并不遥远，在于两心知的默契。

比起劝我早睡的别人，我更喜欢陪我熬夜的你，道理非常简单，因为谁都可以关心一个人，可是很少会有人能甘愿放弃自己的规则来迁就一个人，而你是唯一愿意这样迁就我的人。

天黑的时候，希望有你陪着我，不管是否在我的身边，短信也好，电话也罢，你的存在，你的一言一行对我来说都太重要了，哪怕仅仅一句"晚安"，我都会特别知足。

从心里感恩你看透我本质、目睹我所有骄傲和丢脸，容忍我的花痴和众多缺点，却仍陪在我身边。因为有你，我很快乐，我能够睡得安稳。

时间，会沉淀最真的情感；风雨，会考验最暖的陪伴。走远的，只是过眼云烟；留下的，才是值得珍惜的情缘。来得热烈，未必守得长久；爱得平淡，未必无情无义。

眼睛看到的也许是假象，心的感受才最真实；耳朵听到的也许是虚幻，心的聆听才最重要。

这一切你是知道的，你知道在每一个夜的入眠，每一个睁眼的晨，我在呼唤。

在春天或者在梦里，

我曾经遇见过你，

而今我们一起走过秋日，

你按着我的手哭泣。

你是急逝的云彩，

还是血红的花瓣？ 都未必，

我觉得，

你曾经是幸福的，

在春天或者在梦里。

全都因为你吻了我一个晚安

原来梦里也会笑，会笑到醒来

你忽略我的时候，我觉得全世界都忽略了我，
你在乎我的时候，我却忍不住，忽略了全世界。
那么，晚安。

原来，有些感情，还是会被流年钻上一个空子，拥挤回陌路里去。原来，有些回忆，还是会被尘埃套上一个一个链子，锁紧到曾经里去。

　　终究，还是自己跳进了万劫不复的爱的沼泽，却再也跳不出来。我深爱着的人啊，你可知道我总在梦里去见你？

　　其实啊，我最想说的话在眼睛里，在草稿里，还有在梦里。

　　孤独的我情到深处泪自流，所有美丽的梦境，清晰地印刻在我的心底。

　　我对你的情只能在梦里向你表达，我对你的爱只能在梦中向你倾吐，我对你的思念之苦也只能借助梦向你飞去；而你更是只能在我的梦中，梦里来，梦里去，温婉如初。

　　可是谁又知道，当一个人在自己心里、在脑海里、在梦里、在眼里，却不在身边，那是怎样的疼痛？

　　梦里的你，笑得特别清晰；梦里的你，一举一动更是牵动我的心绪；我在梦里为你哭，我在梦里为你歌，我在梦里为你笑，我在梦里为了你而忘了我自己。

　　你在我的梦里，是我想你而幻成的梦，而我是我梦里的梦魂，我混混沌沌地入睡而不愿醒来，只因梦里有你。

当你出现在我梦里，心跳便不再受控制地急跳，手也不由地颤抖起来。

你是我一首悦耳动听的歌，百听不厌；你是我一幅散发着墨香的油画，百看不厌；你是我一本好书，回味无穷；你是我一首抒情诗，心旷神怡。

什么是想？什么是念？什么是怨？什么是哀？你在我梦里，我是为你而活。我一个人在梦里想你想得不能自已而麻木到天明。

梦里我颤抖的手不敢触摸你的面容，怕一碰，你便随梦而飞。我只是远远地看着你，看着你看着我。

原来梦里也会心痛，能痛到醒来；原来梦里也会笑，会笑到醒来；原来就连梦见你也会很快乐，会不愿意醒来。

梦中的你，眼里的深情更是让我心醉。我多么想要你在我的身边，而不是在梦里，可我却只能在梦里看着你，痛着自己。

是你，让我知道爱情是如此的苦涩难当，也是你让我明白，人生本来就是一场即兴演出，没有醒不来的梦，只有不愿醒的人。

我好想在梦里抚到你的手，那是一种温暖的感觉，可我不敢，不敢用手去打破一切。

我怕我独自承担梦消逝后，一切归空的空虚感；我怕那种疏远而冰冷的感觉；我怕一个人在虚无缥缈的梦里，一次次、一遍遍找寻你的身影。

你就这样存在于我的梦里，没有雨，也没有风，也没有别离。

世界上最最痛苦的事情，莫过于思念正浓时，我还要故作姿态，微笑以对。一边，眼泪百折千回；一边，骄傲地仰着面孔对着天边的白云微笑。

有时是真的觉得辛苦，想你的时候见不到你，也抱不到你，但最后还是会把这些小委屈咽下去，拍拍肚子睡一觉就没事了，因为你就是那个我想一起走到更远的未来的人。

梦里有回不到的过去，梦里有想要的未来，现实太残酷，原来，我一直生活在梦里。

即便是明知你不在，也要寻遍所有的梦境。不能停也不想停下，只想就这样找你，找到无法再找，找到天明，找到梦醒了。

因为你是我梦中心灵的归宿，你是我梦里的一切。好想钻进你的梦中，看那里面有没有我。

你是我血液里流淌的思念，你是我梦中牵手的温情。我爱着你，以有分寸的、节制的、狂喜的、哭泣的方式。

我在那风风雨雨中为你守候着，等待着你入梦的步履，轻轻地走入我的梦。我只要在你身边，即使你在梦中是冷冷的，我也义无反顾，我只愿与你共享我梦里的所有，因为你是我梦里的唯一。

我只愿为你守着心门，等待你入梦的步履，轻轻地走入我的梦乡。

格桑花开了，开在对岸，

看上去很美，看得见却够不着，

够不着也一样的美。

雪莲花开了，开在冰山之巅，

我看不见，却能想起来，

想起来也一样的美。

看上去很美，

不如想起来很美，

你在的时候很美，

哪比得上不在的时候也很美。

在所有物是人非的景色里，我最喜欢你

说过晚安之后，还想说晚安

互道晚安后，你睡了，

我却开始了一段各种想你的奇妙之旅。

那么，晚安。

爱到深处是无言，情到浓时是眷恋。不求彼此拥有，只愿一生相守；不求海枯石烂，只愿心灵相伴。

爱，不求繁华三千，只求一心一意；爱，不求轰轰烈烈，只求不离不弃。

爱情其实很简单，就是在晚安之后，还是想说晚安。

无论我们怎么相识，你已经成为我永远的爱人；无论你离我多远，都能感受到相互的牵挂。

亲爱的，谢谢你让我走入你的生命，做你白头到老的伴侣。

爱情不是最初的甜蜜，而是繁华退却依然不离不弃。

或许我不是你最精彩的遇见，但我会尽力做到最好。谢谢你走进我的生命，扮演同行者的角色。

或许你不是唯一最好的相逢，但是却是我生命中最可贵的。虽然我不是因你而来到这个世界，却因为你而更加眷恋这个世界。

爱与爱，需要呵护；心与心，需要尊重。若想被人爱，学会去付出；若想被人懂，学会去宽容。感情，没有模板，只要感到心暖；相处，没有形式，全凭轻松自然。只要说出的话，有人愿意听，就是温暖；只要心里的事，有人愿意懂，就是真情。

缘分，牵引了两个人；懂得，眷恋了两颗心。

我们之间的深情，即便相隔万水千山，只要各自安好，便是晴天。

不求朝朝暮暮，只要能将你的微笑化成一缕清风，伴我左右，便能嘴角轻挑。在我最美的年华里，遇到你，便是此生最大的眷顾。

在季节的转角，微笑，为你伫立一世的风景，为爱守望。如同清晨的薄露，用一夜的时光凝结成了冰洁的玉珠，独自悄然枝头，遥遥相望。

某年某月某日，我看了你一眼，并不深刻。某年某月某日，意外和你相识，无关心动。怎知日子一久，你就三三两两懒懒幽幽，停在我心上。

就算别人认为，熟悉的像亲人就没爱情了。但我们还是相信，浓烈的爱往往是流动的，爱你也会爱别人。

所以我们更愿意相信，重要的不是爱上你爱我，或者我爱你，而是只爱一个。重要的不是爱有多深，而是能爱到底。找人恋爱很容易，难的是一辈子。

我们之间的爱能够走到现在，最重要的或许不是爱，而是感恩。

谢谢你在人群里发现我，视若珍宝牵手到今；谢谢你最珍贵的青春，只为我而燃烧。

你为我做的一切，我都看在眼里，记在心上。将来无论发生什么，可以吵架，可以生气，但绝不会离开。

爱，是一朵永不凋谢的心灵之花，在记忆深处静静地开放，绚烂美丽，芬芳，温馨。

任凭岁月的风如何狂乱，也吹散那相恋红尘的深情。

最浓的思念是彼此的眷恋，爱，是守望中凄美的浪漫，是等待是期盼，是望眼欲穿。

最深的在乎是彼此的泪水，爱，是心灵的一种感应，是牵挂是想念，是两处闲愁……

不是你有多么尊贵，我才会爱你，是因为我爱上了你，我意识到了你对于我有多么宝贵，我才会用生命来爱你。

亲爱的，你就是我的全部世界。我们手相牵，心相依，苦了痛了，也不要离弃。

相伴的记忆如同一朵盛开着的、不败的花，总是在不经意间在眼前娉婷。偶尔翻看那一行行写着关于你的文字，烦躁便能沉淀成过往的美好。在缕缕书香里浸染，便足以温暖整个余生。

我只是想在生命的长河里，携手走过有你的岁月；我只想在似水流年里，把你书写成永恒的文字，待到有一天，我们都已年老，再坐着摇椅，慢慢回味。

你的皱纹又多了呢？

是吗？

这是我对你的爱的年轮！

若我会见到你，

事隔经年，

我如何和你招呼，

以眼泪，

以沉默。

我的灵魂缺失的一角，
只有你能补全

心情越来越隐蔽，藏在老歌里，

表情越来越单一，除非是梦见你。

那么，晚安。

无论人生几何，我的心底总是住着一个不愿长大的小孩。在遇见你之前，我渴望着一种心灵的庇护，渴望着一种唯美如诗的心情。我喜欢笑对阳光，静沐月华，我喜欢将生命里每一个平凡的晨起黄昏，用夏的绿荫和淡淡的花香充满。

直到有一天遇见了你，我才发现，有人爱着原来是一件如此美妙的事情。

这一路的我爱你，我选择爱到底。没有理由，只因我的灵魂中缺失了一角，只有你能补全。

如果我想你了，我会掏出手机，看看有没有你的短信；如果我想你了，我会用拇指在手机上飞速地打下一连串问候，最后却没有按下发送键。

如果我想你了，我会想，你是否会想我呢？如果我想你了，晚上做梦也梦到朦胧的你。

我知道，每个人的心里都有着思念的人。因为思念是自己没办法控制的。

可是你知道吗？我患上了想你的病，而只有你，才能治好。

因为是你，所有因为想念产生的苦难我都甘之如怡，所有通向你的道路我都可以披荆斩棘；因为是你，所有需要付出的耐心和等待，我都在所不惜。

因为是你，所有因为磨合而产生的委屈我都无所畏惧；因为是你，我就愿意死心塌地。

是你牵引我走出寂寞，你在我身边的时候，你是一切；你不在我身边的时候，一切是你。

明明是你先靠近我的，可是更多舍不得的却是我；明明是你先说爱我，可是爱你更胜一筹的也是我。

这些年来，离我最近的是你，离我最远的也是你，但只有我知道，所有的悲欢都是我心甘情愿的。

我最初喜欢上的，是你淡淡微笑的表情，是你与众不同的才华，后来我爱上的，却是那颗永远洋溢着生命色彩的灵魂。

我喜欢和这样的灵魂碰撞和交流，因为你会使我的心境变得更加淡雅和迷人。有时我会怀疑这个人是不是另一个自己，因为在反复的碰撞里，我发觉到你是那么地贴近自己的心灵，我们之间竟然有着如此之深的默契。

如果有人问我为什么爱你，我觉得我只能如此回答："因为是你，因为是我。"

　　那些精致的诗句是为你，那些辗转的难眠是为你，那些窗棂上浸着月光的思索是为你，那些在身边每个方向徘徊的牵挂是为你。

　　你就住在我的精神领域里，宛如一片沙漠的绿洲，带给我心灵无限的生机，带给我全然的快乐和愉悦。

　　是你让我知道，一个人不管有多好，首先你是自己的，才有意义。

　　是你让我相信，爱情到最后，不是比谁更出色，而是看谁最后能留在你身边。而所谓的一辈子，就是死心塌地的守候。

　　一双亲和的眼眸，一颗善良的心灵，一颗富于追求又盈满真情的灵魂，如此这些，足以让你的关怀抵达我的灵魂深处。

　　在遇到你之前，我爱得小心翼翼，在遇见你之后，我爱得奋不顾身起来。因为你是那么纯净的一个人啊，如同一湾山泉般清澈。

　　当我忧伤的时候，你会静静守候着我，轻轻为我抚去附在心灵上的淡淡伤感。你说爱一个人，更希望她快乐幸福地度过每一天。

　　你更像冬夜里书桌上那杯暖心的清茶，让我摒弃尘世的烦扰，在我的手心里暖着我，在我的心扉处暖着我。

我把你的好用心地收集起来，以便在每一个想你的夜里供自己回味；我把有你的记忆珍藏起来，以便在每一次别离的日子里供自己取暖。

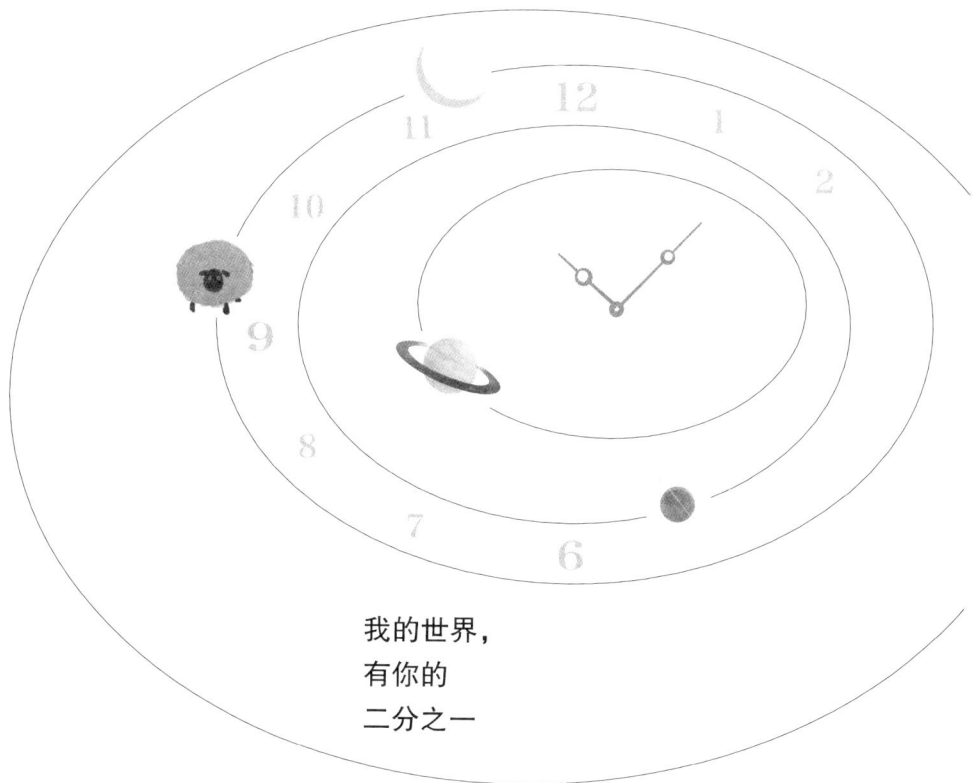

我的世界，
有你的
二分之一

总会有一天，你的床头有我随意翻看的书，洗漱室的漱口水旁是我的粉底液，更衣室的白衬衫里夹杂着我的白裙，车副坐成了我的专属位置，朋友无一不知道你的样子，连夜晚独自在客厅等你归来都成了最幸福的小事，然后你在前方，我大步靠近并勇敢的握住你的手，听你低头说："我爱你。"

全都因为你吻了我一个晚安

我知道，
所有的时光都会苍老，
就像我轻轻地闭上眼睛，
就看见心上的花，

就像我读你久远的情书，
露着无牙的龈，

就像那些年你的吻如雨点，
最终变成蜻蜓点水的轻轻。

我遇见的人越多，就越庆幸遇见你

如果人类有尾巴的话，说起来有点儿不好意思，
只要和你在一起，一定会止不住摇起来的。
那么，晚安。

一直走着，不断遇见，熟悉的散了，陌生的依旧陌生。幸好，有你，我不慌乱。

奋力拼搏，四处碰壁，一杯暖心茶，几句鼓励的话语。幸好，有你，我不放弃。

生活冷暖，甘苦掺杂，一肚子苦衷，忙碌得不知所向。幸好，有你，我不失本心。

繁星灿烂，连绵不绝，金水仙开放，迎着风起舞翩翩。幸好，有你，我开始感受。

回守顾盼，时光匆匆，什么才是值得，步步前行的福祉。幸好，有你，我终于懂得。

从此，万水千山不再是距离，而是心灵的相依；地老天荒不再是传奇，而是生命的奇迹。

我能想到的美好，是这样的晴天，我们手拉着手，一起走走停停，如向日葵般眯着眼面朝太阳，清风抚过彼此的头发，然后对视灿烂一笑，什么都不用说，就这般安静，就这般美好。

我想要简单的幸福和平淡的生活。我爱的你啊，不需要做大官，也不需要赚大钱，只要你爱我，然后努力就好。

是你让我有了牵挂的感觉，是你让我感知了凝望的含义，是你教我迷离的梦境有了明亮的色彩，是你给了我世间最纯的一份温暖，让我从另一双青睐的瞳眸里，找到了属于自己的美丽和归属。

你对我笑，谢谢你；你和我说话，谢谢你；你对我很好，谢谢你。你让我感受到许多没有感受过的心情和幸福，谢谢你。

我多么庆幸，有个你愿意和我共度余生，把我当作此后的共存体，这比什么都重要。

多庆幸曾有你陪我，多庆幸还有你陪我，多庆幸我还是我，多庆幸我们还爱着。

我一直以为我以前的伤已经很深，很痛了，我也一直以为自己不可能再有爱人的能力了，我一直更以为自己从此以后不会再相信世界上的真爱了，直到遇见你，原来我还有笑容，原来我仍可以拥抱春天。

我珍惜你如同你珍惜我一样，在前进的路上，我们无法想象我们会遭遇怎样的困境，但我们说好了绝不放开对方的手。

谢谢你的付出，谢谢你不变的执着，谢谢你沉默深邃的爱。我能回报你的，就是在你目光所及处，陪你到老。

生活总是会给我们出难题，累到就快撑不下去了的时候，是你用力抱紧我，给我温暖和坚持的勇气。

遇见你，我就遇见了和煦的阳光，从此，我的空气里总是飘浮着淡淡的香味，巧克力、玫瑰花、葡萄酒……无论是节日或是生日，你总会送给我意想不到的礼物。

遇见你，我就遇见了浪漫的诗人，从此，我的心里总闪现出你浓浓的情意，有甜蜜的爱语，有精短的小诗，还有怎么回味都不会厌倦的未来模样。

每当夜色来临，就会翻箱倒柜寻找一些温暖的记忆，我在你的温柔里温柔，我在你的存在里存在。无论多远我都走不出你的世界，从此把你刻在甜蜜的梦境，谢谢命运让我遇见你。

我们，不说地久，不说天长。若可以清风萦绕，携手缓缓归，我愿，轻拥一世温柔，着一袭素衣，洗尽铅华，沏一壶新茶，安静陪你。

生命中有许多让我感动的人，而你在众多的人中是独一无二的，只因你给了我幸福的味道。我是很易满足的人，一点点足可以供我取暖。

四目相对间，我们无语，只是静静地观望着对方，生怕一不小心打破凝视的平和。

谢谢你，让我在此生遇到你。是你给了我希望，给了我更多关于未来的想象。

人生往往经历过不幸福，才知道什么是幸福，就好比遇到过错的人，才知道谁是对的人。而我，是如此庆幸能够遇见你。

庆幸，还有一生，可以与你细细唠叨以后的日子；欣喜，还有一世，可以与你好好品味美好的瞬间，茫茫人海中，我用这么多年的等待遇到了你，也就注定我们一生相知，一世相守。

我喜欢那样的梦，

在梦里，一切都可以重新开始，

一切都可以慢慢解释，

心里甚至还能感觉到，

所有被浪费的时光竟然都能重回旧时的狂喜与感激。

我真喜欢那样的梦，

明明知道你已为我跋涉千里，

却又觉得芳草鲜美，落英缤纷，

好像你我，

才初初相遇。

走进你心里，睡在你心上

你想听的那些话，虽然我不能全都说给你听。

可你所梦想的未来，我是真的想参与其中。

你的过去我来不及参与，你的未来我奉陪到底。

那么，晚安。

我的世界，有你的二分之一

如果我是个问号，那么你是个感叹号。我是问题，你是我唯一的答案。

你是我梦里的落花，你是我笔下的诗，你是我沙漠里的泉，你是我丢失了的魂，你是我前世修的缘，你是我今生的宿命。

有的幸福会荒芜，有的幸福始终温暖。人生不就是这样吗？有的人我会一直喜欢，有的人我渐渐不再喜欢了。有的爱始终相守，有的爱无法善终。

一切一切，都在告诉我们尘世间的无常变幻与不可把握。

那我为何可以如此长久地爱着你，原来是因为，我已经走进了你心里，睡在了你心上。

不期而至的你，带着你的绵绵情意，穿越万水千山，飞过苍穹海际，静悄悄来到我身边，唤醒沉睡的我。

你把爱的阳光洒满我的整个世界，我心灵深处那份尘封已久的情愫终于在你的呵护下苏醒。

一直以为自己已经把情感封存，可当你带着你的爱走进我的心里，我清楚地知道，我已经把你放进了我心里，于是我走进了你的心里，从此就甜甜地睡在了你的心上，再也不愿醒来。

为你，唯独是你，才会让我如此的袒露自己。

如果你能理解，就笑着拥抱我，如果你能感应，就让我点缀你的人生，装饰你的梦，因为我已经霸道地走进你心里，睡在你心上！

你融化了我所有的凄苦，孤独，痛苦，烦恼。你是我的佛菩萨，想你如同拜佛一样安宁。

可以毫无顾忌地在你面前肆意妄为，这就是你给我的最奢侈的享受，是你给我最高规格的权力。

你就像我今生今世难以挖掘完的心灵宝藏，我知道，这一切都承载着太多的无可奈何，即便如此，也请你不要轻易地打破这难得的宁静，就让我轻轻地走进你心里，睡在你心上！

庆幸缘分没有让我们擦肩，而是让我们彼此注目，不需要太多的牵强来解释为什么，让我们选择一种固定的姿势走下去，思想的富有便是灵魂的永恒，我愿意，愿意就这样走进你心里，睡在你心上！

不能言语的真情，就像你生命季节里的任何一幕风景，每一次都能让我醉透。所有你点点滴滴的痕迹，都被我剪辑而储藏于心，在每一个不甘寂寞与沉沦的夜晚，陶醉在你迷人的风景中。

就这样我在不知不觉中走进你心里，睡在你心上！

你让我明白，白头偕老这件事其实和爱情无关，只不过是忍耐。但忍耐也是一种爱。所以，真正爱我的人，其实就是愿意一直忍耐我的人，那个人就是你。

微笑总在装饰我的梦，我知道，这是因为你已把我珍藏，我们不追求外表，外表会骗人，不追求财富，财富会消失，我们只追求彼此两颗心的相互依偎，虽然我们得到的只能是精神上的依偎，但已足矣。

我用一颗执着的心去守望你，用一颗坚毅的心去思念你，用一颗固执的心去维护你。

不要问我什么是爱，我能告诉你的，就是现在的我，正美美地赖在你心里，睡在你心上。

两个人在一起，若想要天长地久，起先需要爱情做奠基，其次需要理智来约束，再接下来，需要一种对人生的智慧来经营。

看起来愈不配的两个人，他们相处的境界一定愈高，如同怎么看都不配的花一样，只有在高妙的艺术家手上，才能和谐地成为一体。

你看，对的人那么少，能够一起白头，真的比什么都重要。

遇见你，也许容易，离开你，已经不可能。毕竟，你已经让我走进你心里，睡在你心上。

　　感谢上帝让我拥有了这场情到深处的、无怨无悔的相逢，不是情非得已，不是巧合，而是真情流露，是前世定好的约。

　　请不要叫醒梦中的我，让我就这样睡在你心上，不管今生还是来世，就让我恬静地睡在你心上，做三世安稳而甜蜜的梦。

我们并立天河下，
人间已落沉睡里。

天上的双星，
映在我们的两心里。
我们握着手，
看着天，不语。

一个神秘的微颤，
经过我们两心深处。

睡觉对我而言，
只是换个世界去爱你

和你待在一起，
就算只是百无聊赖地戳你脸，心里也是满足。
那么，晚安。

风说你是一片云，飘在我的梦里；云说你是一滴雨，落在我的心里；雨说你是一条河，蔓延我所有记忆；我说你只是一缕春的气息，却覆盖了我的四季。

也许你永远不知道，当你在我的心里，在我的脑海里，在我的梦里，却不在我的身边，那是怎样的一种无力，那是一种怎样残忍的思念。

睡觉对我而言，只不过是换个世界去爱你。那种不由自主地思念，那种不可避免的梦见，是我深爱着你的种种证据。

想你，如嗅玫瑰，让人心旷神怡；想你，如闻箫声，让人心动无比；想你，如听仙音，让人醉生梦死；想你，如品香茗，让人舒心畅意。

重温你的话语，深深地印在我的脑海里，每一次呼吸均是因为想你，透过遥远的距离，透过无边的黑夜，透过淡淡的思念，我静静地想你。

品味着有你的记忆，是如此的精彩与甜蜜，似五弦琴上跳动的音符，那样的迷人。品味着你的心迹，似美酒，酣畅淋漓；如清茶，清香怡人。

我藏起心中的所有秘密，只因为，今生遇见你，让我不得不服气，为你，在心中激荡起阵阵涟漪。

无数个日日夜夜，我独处幽室，细听你的心曲，咛咛叮语，可以漫过西湖的长堤，在柳丝的柔情下缓缓驶入心里。

不问情在梦里，还是掌心，在遇见的一瞬，早已生生地刻在灵魂上。爱，只因是爱，便已是万水千山，一世一生。

站在心灵的路口，静静地等你，等你轻轻收拢了羽翼，栖落在我的心灵树上。

请不要让我等成一幅没有诗情画意的蓝图，一首没有深邃意景的诗歌，一首没有甜美旋律的乐曲。

没有你的日子里，我的想象失去了灵感，我的心灵失去了归依，就好像鲜花离开了阳光，暗无光泽；游鱼离开了水滴，生命窒息。

真的，我是那么想你，那么爱你，你是个可爱的人，有那么多人都在喜欢你，可是谁也没有我喜欢你这么厉害，我现在就很高兴，因为你很爱我，因为你希望我高兴，因为你有什么事情也都喜欢说给我听。

我和你就好像两个小孩，围着一个神秘的果酱罐，一点一点地尝它，看看里面有多甜。

静下来想你，觉得一切都美好得不可思议。以前我不知道爱情这么美好，爱到深处这么美好。真不想让任何人来管我们，谁也管不着，和谁都无关。

　　告诉你，一想到你，我这张丑脸上就泛起微笑。

　　我会不爱你吗？不爱你？不会。爱你就像爱生命。

　　做梦也想不到我会把信写在五线谱上吧。五线谱是偶然得来的，你也是偶然来的。不过我给你的信值得写在五线谱里呢。但愿我和你，是一支唱不完的歌。

　　你在我的梦中，让我难以入眠；你在我的心中，让我思绪难平；你在我的脑海中，徘徊。无尽的思念全因你，与你一起执手天涯，好吗？

　　感谢生命中的缘分，让我遇见了你，有一种情，永远不老，只为与你相识时的美好；有一种爱，深藏心中，只为与你相爱时的淡然，这一生，最幸福的事，便是牵着你的手一起走过。

　　当尘世烟火慢慢沉寂；当指尖浮华逐渐消散，你依旧如此牵着我的手，岁月老了，情还在。

　　原来，我生命中最美的时光，是从遇到你的那一刻开始。

遇见你，就像遇见了春暖花开的温暖和烂漫；遇见你，就像桃花绽放般的缤纷和绚丽；遇见你，就像是樱花落英缤纷和浪漫。

遇见你，就仿佛是身处在一个美丽的花园里，眼前一片花红柳绿，万紫千红，满园春色的灿烂缤纷，温暖明媚！

如果可以，我真想和你一直旅行。或许是某个古朴的小镇，或许是某座灿烂辉煌的大都市。

我们可以沿途用镜头记录彼此的笑脸，和属于我们的风景。一起吃早餐，午餐，晚餐。或许吃得不好，可是却依旧为对方擦去嘴角的油渍。

风景如何，其实并不重要，重要的是，你在我的身边。

仿佛是乌云，

从远方的太阳得到浓厚而柔和的色彩，

就是冉冉的黄昏的暗影也不能将它从天空逐开；

你那微笑给我阴沉的脑中，

也灌注了纯洁的欢乐，

你的容光留下了光明一闪，

恰似太阳在我心里放射。

未来不用太美好，够温暖就行

如果能每天都这样，不对你唠叨，不抱怨你不用功，

你夸我衣服好看，你抱紧我，挠我痒痒，亲亲我，

那未来都能明亮起来了。

那么，晚安。

我希望去有你的未来，哪怕我不知道你会去哪儿。即使没有明确的终点，但因为有你，我也会勇敢启程。

我想去有你的未来，就算这是个梦，一个美好虚幻、不切实际的梦，我也要勇敢地做下去。那样也可以在梦中傻笑，而不是徒劳失望、白白伤感。

我会去有你的未来，看看两个人将来的世界会是继续争吵，还是热闹，或安然。我会勇敢说出我的想法，陪你坚守，陪你奋斗。

我要去有你的未来，一起大吵大闹，一起让开心快乐泛滥一地，一起闭上眼睛看想象，然后让所有的时光都变得通透。

我一定会到达你的未来，你也终究会在我的未来里。我从未奢望那里有多么繁华、奢侈、璀璨夺目，我只希望有你，有你温暖的笑和拥抱，就足矣。

我想去有你的未来，那么我一定会理解你的过去，珍惜我们的现在，因为过去的所有事情成就了，现在的所有事情决定了将来。

我与你相识似乎偶然，但我更愿相信，忘川河边，三生石上早已深刻着我们的情缘。

你出现那一瞬间，从此梦里绽放的尽是你美丽的容颜。

如果没有你，我也许仍在四处漂泊，找不到归属。

一路会有困苦艰难，真情也要经受考验。面对世俗纷纷扰扰，你坚定的目光给了我无限温暖，化作丝雨滋润我心田。注定总是你，带领我走出黑夜。

与你温柔对视的那一刹，纵使栉风沐雨，也已不觉人生艰难。

我们过着诗情画意的生活，我们说着只有我们才懂的无声的语言，我们对彼此的依恋越来越深。

让思念作帆，让爱作舟，在我们的人生旅途中，缓缓远航。

在春的妩媚中度过，在夏的张扬里留痕，在秋的深韵里升华，在冬的蕴藏中凝结。你知道吗？你的美好，让我有勇气去想象未来。

你让我知道，爱得越真，心越清纯；爱得越深，情越质朴。我们的情，我们的爱，就像茶叶放进滚烫的水中，翻滚、吸纳、膨胀、浮沉、最后仍静静地沉入杯底，把自己最清新的香味，最优雅的气息，透过心灵的呼吸，一丝丝地释放出来，弥漫在唇齿间和心灵深处。

你知道吗，你的坚定不移让我有底气去畅想未来。

或许有缘分、有心动、有一见钟情，但是我想任何一份爱情都不是仅仅凭借这些就可以举案齐眉天长地久。更多的是，愿得一人心，白首不相离。

我知道你这个人是爱我的，你认定了我，接下来要做的不过是相依相守，相爱是一件多么容易而相处则是一件多么困难的事情。

是什么让岁月静好现世安然了呢？是爱。

圣经里说，爱是凡事忍耐，爱是凡事包容，爱是永不止息。没有什么一劳永逸的爱情，更没有任何一份爱情是一开始就情比金坚永垂不朽。

凡尘中谁都不是金童玉女，天定其成，有争吵、有流泪、有迟疑、有退却、有忍耐、有包容、有坚持、有守候，这就对了。

岁月里的那些百转千回，哪一次不是爱的练习？

琴棋书画诗酒花，我喜欢就喜欢好了，不用非得逼着你也喜欢，你偶尔回眸赞赏一下我就好了。你爱钓鱼、爱出游，那就去好了，我不会亦趋亦步，但偶尔作陪一下也挺好。

你少言，那我说你听好了。你那些幼稚的想法不入我眼，但让你试试又何妨？我任性、胡闹，你再也不会大发雷霆，你只是宠我、疼我，微笑着走过来，拥我入怀，我就会安静了。

我们都不会想着把彼此变成完美伴侣，那就让彼此都保持自己原本的样子。

如果不曾携手走过一段又一段的路程，又怎么有可能携手走过一生？

我们一起在时光中磨合成长，你抹去我的嚣张戾气，我磨掉你的生涩胆怯。你越来越温暖担当，我越来越沉静柔软，在不经意间，我们彼此都成为了更好的人。

我想这就是最好的爱，所给的给养。

也许你我终将行踪不明，
但是你该知道我曾因你动情。

不要把一个阶段幻想得很好，
而又去幻想等待后的结果，
那样的生活只会充满依赖。

我的心思不为谁而停留，
而心总要为谁而跳动。

全都因为你吻了我一个晚安

我来到这个世界，
不仅是为了和你相逢

我昨天很爱你，今天不想爱了，
但我知道，明天醒过来，最爱的人还是你。
那么，晚安。

爱情是从什么地方开始的？是从第一眼开始的吗？是从寂寞开始的吗？是从失意开始的吗？是从嘴巴开始的吗？是从肩膀开始的吗？是从互相讨厌开始的吗？是从身体开始的吗？

　　也许，以上一切都不是真正的开始。爱情是从希望开始的。第一次遇上你，你在我心里燃起了希望的火光。

　　我多么希望，和你的每一次相逢都成永远。

　　一个月时激情上脑什么都肯为你做，三个月时情话绵绵想你到失眠，半年时争执不断好想分手，八个月时渐渐懂得包容，一年时习惯有你成了亲人，一年半热情渐退感情却越深……亲爱的，你知道吗？我能失去激情却不能失去你。

　　因为我知道，人生还能有很多次相遇，可你却永远只得一个，不能给你很多，但至少能给你一个长情的我。

　　人生，就是一场又一场的相逢。驿路策马，长亭短憩，一回眸，一驻足，就可能是一场相逢。

　　相逢只一瞬，却需要各自的生命，山一程，水一程，风一程，雨一程，马不停蹄地走很长很长的时间。

　　所以我这么辛苦地来遇见你，不仅仅是要和你相逢。

每一场爱情，都是为了举着灯，和自己相似身影的人相逢。我们绕了这么一大圈，经过种种别离和辜负，才在这人世间相逢，我怎么舍得让我们再错过？

我知道，任何一念流转，都会变成擦肩而过；任何一脚迷乱，都会无缘错失。

所以我希望，我爱你这件事情，能够变成我珍惜你；我迷恋你这件事，能变成我守候你。

你看，这么大的一个世界上，唯有我遇见了你，唯有你遇见了我，谁说这场相逢不是命中注定的呢？

偶然也好，命定也罢，总之，这人海茫茫，唯有我们相逢了。

阳光照进幽暗的弄堂，温暖牵住了青苔的明媚，光亮擦亮了蛛网的惊喜，说不清是该明媚还是该惊喜。这些事情我知道，所有的相逢，都是上天的恩赐。

而最大的恩赐是，让我在人生最美的时候，与最对的你，欣然相逢了。

相逢是多么美好的开始，但也只是一个开始。我可不要经过颠沛流离与你相逢，我要的是经由这一场相逢之后，我们能够继续下去。

接下来，我们要相识，相赏，相知，相爱，相伴，相扶，一直到老。

我们要让这一次相逢，变成一辈子的厮守的起点。

这个世界，最短命的相逢，一定是相遇在了不对的时间，或者阴错阳差，遇上了不对的人。一眨眼的灿然花开，然后接着一转眼又寂然而败。

相濡以沫也好，相忘于江湖也罢，所有的相逢都会有结局的，而所有的结局都是相逢的一部分。

不要用结局去质疑开始，成全人的，是生活；捉弄人的，也是生活。

假如没有遇上你，我会不会有另一种人生？不管有没有结果，我还是宁愿与你相逢。

如果我们只是匆忙擦肩，就消失于人海，那么我们只能算遇见，不能叫相逢。

因为真正的相逢，是指彼此走进对方的心灵世界，有初见的惊悸，有对视的惊慌，有乍逢的惊喜，就像邂逅了前世的情人。

于万千的人群中，于无涯际的时光里，你没有早一步，也没有晚一步，恰巧奔赴到我的人生中来，是几分运命，也是几分注定。

所以，这一场相逢，我们都别辜负了它。

我只知道，就是你这个人定是要成为我生活的一部分，也终将要组成我的世界。

我们必定无法擦肩而过，只能相逢，也必须相逢，并且注定要进行一场天长地久的行走。

因为爱情不可以解释，因为誓言不可以修改，因为你我的相遇不可以重新安排，因为我永远都不能将你忘记……就像我无法找出我们这场相逢的剧本原稿，无法将你一笔抹去。

所以我来到这个世界，一心一意就是要和你白头到老的。

我好像答应过你，

要和你，一起，

走上那条美丽的山路。

你说，

那坡上种满了新茶，

还有细密的相思树。

我好像答应过你，

在一个遥远的春日下午。

你不在的日子，
每一天都像在虚度

你永远也看不到我最寂寞时候的样子，

因为只有你不在我身边的时候，我才最寂寞。

那么，晚安。

人分两类，是你和不是你；时间分两类，在的时候和不在的时候。

为什么多数情况下，都是"来的不是你"和"你不在"。

你知道吗？太阳再暖也没有你在心暖，时光再安也没有你在心安。

若是有你在，连沉默都是聊得来；若是有你在，连呼吸都是最好的对白；若是你不在，连喧闹都被化成等待。

如果一直独来独往，也不会觉得有多难熬。但是遇见过你，你不在的日子，每一天都像是虚度。于是我对你的思念，变成了从早到晚的等待，从春到冬的守候。

春来了，等你一起赏桃花；夏来了，等你一起听蝉鸣；秋来了，等你一起看落叶；冬来了，等你一起话梅骨。

琴弦封了，我等你奏悦心弦；棋局定了，我等你重设残局；书卷旧了，我等你临池学书；画池深了，我等你雕龙画凤。

今夜，我怅坐一隅静静地想你，想知道你在做什么，想知道你有没有在想我；想知道当你凝视远方的时候，你的眼前是否划过我的身影；想知道当你走进甜美的梦乡，是否看到我在梦的路口等你。

就这么静静地想你，静静地在心底呼唤着你。我真的很想在这宁

全都因为你吻了我一个晚安

静的夜空里呼唤你。

　　尽管我知道，漆黑的夜无法将我的心声传得很远。但我总觉得，无论多远，你一定能够听到。

　　就这么静静地想你，在这个平淡的夜晚。因为想起了你，这个夜晚变得美丽而忧郁。

　　我想你，想为你点亮一盏桔色的灯，静静守候着你疲惫的归来；想为你递上一杯温热的香茗，缓缓驱散你脸上的倦容；想用我温柔纤细的手指，轻轻抚平你眼角的皱纹；想用我轻柔温情的呢喃，抚慰你驿动不安的心灵。

　　我喜欢这样想你，让自己的心有了柔柔的疼痛和幸福的甜蜜。

　　不经意间，我会静静地想你的名字，想你的身影，想你爽朗的笑声，想与你相拥在雨中漫步，想与你在幽幽月华下携手相依，然后一起慢慢老去。

　　如果可以，我情愿是一只鸟儿，可以飞越万水千山，停在你窗前的树梢。

　　你窗前独立的老树是寂寞的，夜空中沉默的那轮皎月也是寂寞的。但我不会寂寞，因为我离你是那么近，我喜欢你窗前散发的淡淡的灯光，温馨而祥和，我可以真实地感受你的气息。

只想告诉你，我守候春天的美丽；只想告诉你，没有谁可以替代你；只想告诉你，余生的每一天我都将爱你。

寂夜深了，我在梦里等你，你睡了，我在天明的时候等你。

等，是一种期盼；等，是一种眷恋；等，是一种思念。

只想告诉你：你的容颜，你的神韵，还有笔下的文字芬芳，我会一一好好地珍藏。

你知不知道，有一个人在守候，远远望你，爱你全心全意。

此时的我正呼喊你的名字，让它回荡在我心间，你有没有听到？

我不够勇气说我爱你，只在心里默念想你，我只能默默地守护你，但是我会等下去。

某一天你会回来，某一天尽管不知何时，只等你，你最后终会明白，这是我的心，它深爱着你。

你是我心底的一首歌，伴我走过了多少岁月，歌声在心头萦绕，梦般地柔婉、迷惘又凄切，我悄悄地唱着这首歌，像讲述一个美丽的传说。

我只想告诉你：即将炸响的春雷，是我对你不变的誓言；即将绽春怒放的花朵，是我心中不变的深情。

　　还有那阳春融雪汇聚成的滔滔江河，是我心中滚滚的爱河，千年流淌不竭。

　　当我愉悦地沐浴在温馨的春天里，欣赏花朵般的你；当我激情地畅游在爱河里，拥在你的怀抱中。

　　我只想告诉你，你是我春的璀璨，你是我夏的奔放，你是我秋的收获，你是我冬的温馨。

如果你来看我，我不会总和你一起，
其余的时间就把你留给山里的星和月。
它们啊明亮得伸手可摘，
却从来没人舍得去碰它。

如果你来看我，请告诉我吧。
哪怕现在就说，哪怕马上就说。
在你启程之前，我就开始幸福了。

路途遥远，我们在一起吧

你是我的，谁都抢不走，我就是这么霸道；
我是你的，谁都领不走，我就是这么死心眼。
那么，晚安。

你是我最爱的人，哪怕经常和你闹脾气、耍小聪明，虽然为了点芝麻小事就无端吃醋、发脾气，即便我知道你的答案，但还是会不厌其烦、一遍遍地问你爱不爱我。

因为我想让你知道，我自始至终都是爱你的。我想告诉你，不管未来有没有变动，我只在乎现在所拥有的你。

前方的路还很遥远，我们一起走吧。

有一种牵挂，叫刻骨铭心。看不见你的身影的时候，心里会不停地想你，甚至手边正忙的事情，也会在不知不觉中停下来，呆呆地想你。

有一种牵挂，叫心痛。一个人的时候，就会忍不住地惦记你，轻柔的音乐在身边蔓延开来，仿佛你充满爱意的凝视。心里有一点点疼痛，痛彻骨髓。

有一种牵挂，叫压抑，世界上最远的距离不是生与死，而是明明喜欢你，却不能肆无忌惮地喜欢你。

渴望拥抱你，被你拥抱，却不能与你有一点点的亲密接触。只能在心头默默地爱，独自品味牵挂的折磨。

有一种牵挂，叫难以把握。不知道该怎样去衡量牵挂你的度，让牵挂恰到好处、恰如其分。牵挂你的太多，会让自己忍受牵挂不能释放的煎熬；牵挂你的太少，却无法忍住那日益疯长的思念。

　　有一种牵挂，叫幸福。不管自己身处何时何地，当自己孤独寂寞或身陷困境的时候，想到远方总有一个你在牵挂自己、在祝福自己，顿时心里会被一种叫作幸福的东西溢满。心里装满了自己要牵挂的你，就会不再觉得自己很孤单。

　　既然命中注定你要出现在我的世界里，为什么你还要踌躇？

　　亲爱的，我错过了花期，错过了雨季，错过了收获，我不想错过你。

　　爱你爱得如此的深，超出了想象；爱你爱得如此的真，忘记了自己；爱你爱得如此的苦，心碎有谁知？

　　我的世界现在只剩下灰色了，唯有你是五彩斑斓的；我世界现在只剩一片死寂，唯有你是生动的；我的世界现在一片荒芜，唯有你是鲜活的。

　　很想采一束永不凋谢的花，扎在头发上。脚下是青青的草儿，风拂过如花般的容颜，如上帝能给我一个愿望，我只愿为你永葆美丽的青春。

花开妖媚，清风云淡，看记忆把时间穿乱，留我独自彷徨，不知道缘分的起点在哪里，终点会归向何方，只是如今，在每个时间的节点上，都站满了"排队"的思念。

　　你的低眉，你的欢喜，都印在我的心房上。你走不出我的视线，走不出我的牵挂，在年华的微笑中，都已谱进这明丽的春天里，与我同行。

　　我的记忆里的痕迹，只有你一个人可以踩出来。那些漫长的黑夜，只有你一个人的笑容可以把它照亮。那些寒冷的风雪，只有你的大衣可以让我躲藏。那些软弱的时刻，只有你的拥抱可以给我力量。

　　无论我走多远，我都知道，其实我一直徘徊在你的心路上，因为我离不开你。

　　世界上最近的距离，不是孤寂的心儿相互吸引，而是任凭繁杂喧嚣，我只能听到你。

　　时光能带走你我的青春容颜，却带不走心中那份真挚的情感，那种心底发出的声声呼唤，却把天涯海角两颗心凝聚在一起。

　　我们的爱情如那把伞，雨停了不肯收，如那束花，花枯萎了不肯丢，即使你到了暮年白发，人生黄昏的时刻，你在我心中依然灿烂。

孤单时，仍要守护心中的思念，因为有阴影的地方，必定有光。

守护一个人需要太大的勇气，也许没有山盟海誓，但只要诚心正意，也可以生死相依。两人走到最后，往往就是一个靠，你依靠我，我依靠你，走过生命的晴天和雨季。

前面的路途还很遥远，让我们成为彼此的依靠，一直到老。

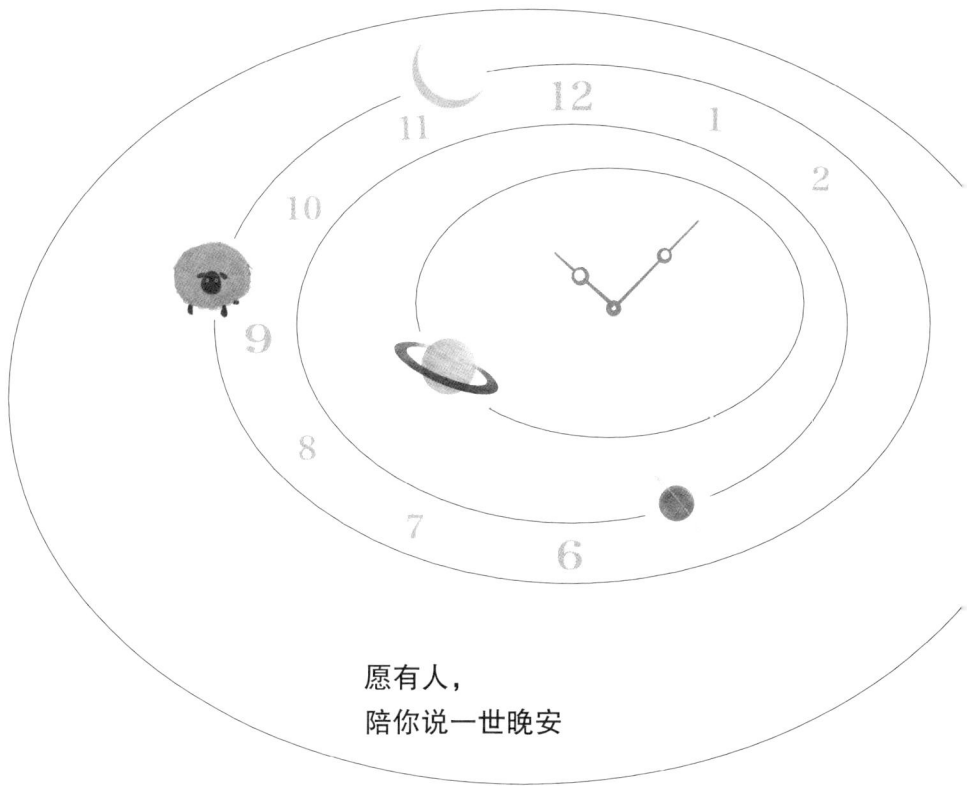

愿有人，
陪你说一世晚安

PART
SIX

每一个出现在你生命中的人，都是有原因的。喜欢你的
人给了你温暖和勇气，喜欢你的人让你学会了爱和自恃；
你不喜欢的人教会了你宽容和尊重，不喜欢你的人让你
自省和成长。没有人是无缘无故出现的，因此每一个人
都值得感谢和祝福。

唯愿有人，陪你说一世晚安。

最是那一低头的温柔，

像一朵水莲花不胜凉风的娇羞，

道一声珍重，道一声珍重，

那一声珍重里有甜蜜的忧愁

沙扬娜拉！

全都因为你吻了我一个晚安

我还是想去牵你的手，不由自主

我今天做了很多事，吃饭聊天午睡工作，下班步行回家，

路上买了一支甜筒一兜零食还目睹了一场纠纷。

哈哈，前面那些都是虚构的，我今天一整天只做了一件事，那就是想你。

那么，晚安。

我曾经爱过你，爱情也许在我的心灵里还没有完全消亡。但愿它不会再打扰你，我也不想再使你难过悲伤。

　　我曾经默默无语、毫无指望地爱过你，我既忍受着羞怯，又忍受着嫉妒的折磨，我曾经那样真诚、那样温柔地爱过你，但愿上帝保佑你，另一个人也会像我一样地爱你。

　　爱一个人，其实很简单。你让我流泪，让我失望，尽管这样，你站在那里，我还是会走过去牵你的手，不由自主。

　　可惜的是，最好的，不一定是最合适的。只有最合适的，才是真正最好的，后来的我们才知道，最好的爱情是有心能知，有情能爱，有缘能聚，有梦能圆。

　　在所有好的和不好的情绪里，毫无预兆地想念你，是我不可告人的隐疾。

　　是你让我意识到，年轻的情怀，喜欢一个人，爱一朵花，其实并没有错，在我们长长的一生中，只要爱过、喜欢过，就都是美丽的记忆。

　　也许，只有等到物是人非之后，人才会懂得怀念，总是在我们最不懂的时候，错过最真的东西。

记忆的丝线就像一种咒语，在每个日升月落将我缠紧，它提醒我，不能忘记爱过的你，我是记得啊。

我记得，所以我和其他人在一起，一笑都觉得愧疚，所以我和别人并肩行走，牵手都觉得沉重，我要怎样，剪断丝线，再不作茧自缚？

寂寞的人总是会用心地记住生命中出现过的每一个人，于是我总是意犹未尽地想起你，在每个星光陨落的晚上，一遍一遍地数我的寂寞。

我努力寻找你对我的爱，把它一片一片地拼凑起来，结果却是支离破碎。

如果开始下一段感情，我不会再问，喜欢我什么？也不会问，是认真对待吗？我会问：三个月后还会争分夺秒地关心吗？半年后一句不开心仍旧会陪伴左右吗？一年后睡不着时还会在耳边轻语吗？两年后看见落泪还像第一次那般束手无策吗？三年四年或者更久，敢不敢一如既往没有理由地对我疼爱？

如果一开始，你就不要出现在我的面前，那么，我也许就不会知道幸福的滋味……

你何其残忍，把所有的爱满满地那么猝不及防地都给了我，告诉我，你永远喜欢我，永远不会离开我。让我错以为，我可以幸福得像个被宠溺的孩子，让我错以为，只要抱住你，就可以拥有整个世界。

如果你不能对我好一辈子，请你不要对我好，哪怕只是一秒钟；如果你不能骗我一辈子，请你不要骗我，哪怕只是一个字；如果你不能爱我一辈子，请你不要爱我，哪怕只是一瞬间。

想你，是一种痛，隐隐的痛，不常来，却挥之不去；想你，是一种，刻骨铭心的痛，不常来，却仍深刻；想你，从不知疲惫，却极痛，撕心裂肺……

痛苦的不是过去，而是记忆。

生命是一条湍急的河流，在短暂的流逝中我们曾遇到过大坝，遇到过泥沙，亦或是暴风骤雨，这些障碍与困难、磨砺与痛楚或许会成为我们心中的暗礁。可是，当我们勇敢地面对时就会发现，那些曾经的伤疤会让我们生命的河流，流得更宽、更远，更加清澈无比。

我想，有些事情是可以遗忘的，有些事情是可以纪念的，有些事情能够心甘情愿，有些事情一直无能为力，我爱你，这是我此生难过的劫难。

或许有一天，我什么都不再记起。一切的一切都成为了书桌上那张搁置已久的白纸。

　　我想我会依然留一盏灯给记忆，好让我来世在一片光明里找到今生错过的爱情、错过的你。

如果雨之后还有雨，

如果忧伤之后仍是忧伤，

请让我从容面对这别离之后的，

别离。

微笑地继续去寻找，

一个不可能再出现的你。

纵此生不见，平安唯愿

你的旅途这么长，

也许我不是终点，也许只是你流浪过的一个地方，可那又有什么关系，

趁你靠岸之前打扫干净橱窗，化上美美的妆，

偏要做你余生回忆里最美的姑娘。

那么，晚安。

总有那么几首歌，听着听着就会悄然泪下，总有一些故事，想要去用笔记录，总有一个人，让我一生难以忘记。

走过的路，遇到的人，如果注定不是我该等的人，不管如何珍惜，还是会离自己而去。

但我知道，每一个出现在我生命中的人，都是有原因的。没有人是无缘无故出现的，因此即便我们后会无期，你也是值得我感谢和祝福的。

我不知道，那清凉晶莹的雨中，可否有一滴是为我而下？那瑰丽的玫瑰中，是否有一瓣馨香属于我？那柔柔的风中，是否有一缕专程对我微笑？

然而我知道，在每个思念的日子里，我眸中的眷恋如雨儿般纷纷滑落，如溪水般源远流长，如繁星般点点璀璨。

我心中的情思如花朵般灿烂，如清泉般明澈，如月华般温柔；我的守望的意如大海般深厚，如高山般坚毅，如白云蓝天般纯洁……

曾经以为，一切都可以在彩虹后风干，可当雨不经意地飘落，当心轻轻地颤动，当记忆悄悄地开启，当你那温暖的微笑，凉凉的手心，字字真诚的话语铺天盖地地席卷了我的世界，无数次苦心修筑的心坝，瞬间决堤……

不求天怜我孤独，不求地念我影单，不求雨为我哭泣，不求风为我叹息，不求月为我吟唱，只愿你能开心快乐地度过每一天，精神焕发地在你的世界驰骋，意气风发地挥洒你的才华，灿烂绚丽地绽放你的青春，称心如意地书写你的人生……

不管岁月怎样变迁，不管雨中你是否还会想起那个为你挥洒一腔热情，那个为你柔肠寸断，那个为你日夜祝福，那个和你相约守望一生的人，我都不会忘记和你一起度过的美好时光。

即便这份爱已经成为过往，即便我们此后各奔东西，即便不能陪你走到天涯海角，我也珍惜和你在一起的每一分一秒。

我会好好珍藏我们的这一段美丽情缘，我会好好保存我们曾经拥有的温存。

全世界最幸福的是我，因为我把你记住了，因为我曾与你相遇。

如果前生的五百次回眸才换来今生的擦肩而过，那么前生我们回眸了多少次才换来今生的相遇相知？我不知道木棉花能开多久，是否值得去等候；我不知道流星能划落多久，是否值得去追求；但我知道——我会记住我们曾经拥有过的精彩，曾经相聚相亲手牵手！

梦，虽然不够漫长，但我们还需要梦想；情，总让人受伤，但我们都念念不忘；雨，下的再漂亮，但我们还是喜欢阳光；你，虽然不在我身旁，但从未将你遗忘。

有时候幸福来得太快会让人措手不及，有时候幸福来得太慢会让人孤独彷徨。如果幸福还握在手中，那就将它牢牢把握手心，呵护珍藏。

世间情多，真爱难说，曾相惜的一段情，不要说真爱无情，至少，我们曾相遇相知，至少，我们曾相恋相思；有缘无缘，一切随缘，曾相牵的一双手，不必说不堪回首，至少，我们曾相偎相依，至少，我们曾相伴相拥。

人世间真真假假，你你我我，谁又知道最后结果？

其实，太多时候，只是舍不得遗忘一段往事罢了。握紧的回忆再美，也温暖不了我的今夜，于是，我放下了。

放下了你，放过了自己，给你一个自由呼吸的空间，给自己一个没有遗憾的未来。素色年华，唯愿你好。

当一切都散场的时候，就慢慢地相信了"不一定就非你不可"。你的生命里已经有了人，我又怎么能走得进去？

我们之间，从陌生到熟悉，从相爱到陌生，始终都保持着一颗心的距离。我们都很默契，以后都不会走进彼此，都选择沉默和祝福。

　　或许这样的我们都不会觉得难过，从未觉得亏欠了谁。

　　不接近、不打扰、就这样，愿你幸福就好、祝你幸福，也祝我幸福。

那就划去太湖，划去洞庭，

听唐朝的猿啼，

划去潺潺的天河，

看你濯发，在神话里就覆舟，

也是美丽的交通失事了。

你在彼岸织你的锦，

我在此岸弄我的笛，

从上个七夕，到下个七夕。

心中有不舍的人，
是多么心碎的幸福

如果你想要一朵花，我就给你一朵花。

如果你想要一颗星，我就给你一颗星。如果你想要一场雪，我就给你一场雪。

如果你对我说，你想要离开我，那么，我就给你自由。

那么，晚安。

想起你时不自觉地上扬了嘴角，听到你的名字时忽然变得沉默。

独自一人时想你想到哭泣，却在看见你时故作无所谓地笑。

你知道吗，你是那个我无数次说要放弃，可依旧舍不得的人啊。

人最"软弱"的地方就是舍不得：舍不得放下对你好的人；舍不得走出一段已变了质的感情；舍不得一直待着的环境；舍不得那些熟悉的面孔。

无数次说着要放弃，但终究还是舍不得。于是喜欢你的每一天对我来说都是一种折磨，每一分每一秒的思念都夹杂着痛苦与甜蜜。

即使痛苦到让我落泪，即使甜蜜的回忆只是自我安慰的假象，可我依旧学不会放手。

我说我认了，我从喜欢上你那刻起就输了，我说我输到心都空了。

我会在日记上写下大段大段曾经不属于我的失落伤感，会在听到某句歌词那么贴切地唱出我的心声时失声痛哭，会在看见电视剧某个片段而泪流不止，会在夜里梦到你冷漠的表情，从夜里哭醒过来。

我不确定自己是在错误的时间遇见了对的人，还是在对的时间遇见了错误的人，但我能确定的只有我喜欢你。

因为你就是你啊，独一无二的你啊，我怎么舍得放弃？

爱，真的让人变得卑微。真的爱了，我就把所有的底线都抛开了，可还是避免了遗憾，避免不了失去。

于是，我对自己说"毕竟有那么那么多的人终究没能在一起"；我对自己说"喜欢本就是一个人的事情"。

当这些绝望的情绪一点点累积的时候，我也终于看到了结局。原来，人真的是需要攒够失望，才舍得离开。

我以为我离开你，从此就会忘记你，却为何在这些日子里，如抬头，飘过的云彩里，有你移动的身影……

我不知道以后还能不能遇见一个人，能让我像爱你一样疯狂而执着地爱着那个人，能不能像喜欢你一样用尽全力、不求回报地喜欢那个人，但我知道，你已经成了我心里一道无法愈合的伤口。

我会把你安放在心底的一个角落里，轻轻地、小心翼翼地，因为怕一不小心触及，会引来刺骨的疼痛。

原来，当我们懂得爱一个人时，是情感的成熟；而当我们懂得另一个人的爱时，是爱的成熟；当我们懂得分别的意义时，才是心的成熟。

于是我终于明白，总有一些时光要在过去后，才会发现它已深深刻在记忆中。多年后，某个灯下的晚上，当我蓦然想起，会静静微笑。那个你，已在时光的河流中乘舟而去，消失了踪迹，但我的心中，却流淌着跨越了时光河的温暖，永不消逝。

在人生的漫旅中，总会珍藏一段美好的记忆，就如阳光下的那些花儿，静谧地盛开在温暖的心底。

花开无语却可以艳到荼蘼，花落无痕也会令人心痛不已，谁的深情凄美了谁的春天，谁的怀抱又温暖了谁的冬季。

每一次回眸时，都会捡拾起你遥远的微笑，每一个守望的夜里，都盼着你的足音在风中响起。

不是所有的爱都有完美的结局，然而所有的思念都有它的含义，光阴不老的印记里，你就是那朵殷红的朱砂擦不掉也抹不去。

我喜欢回顾，是因为我不喜欢忘记。我总认为，在世间，有些人、有些事、有些时刻似乎都有一种特定的安排，在当时也许不觉得，但是在以后回想起来，却都有一种深意。我和你有过许多美丽的时刻，实在舍不得将它们忘记。

最美的年华里与你相遇，你的背影却成了我无法触摸的疼惜，在季节的转角处别离，我学会了转身，却舍不得忘记。

你在推算着日月时辰，

哀叹度日如生，

还是在托心事于飞鸟、清风？

啊，幸福的相思呀，

为什么要在这离愁别苦之中，

用甜蜜的幻觉来欺骗我悲伤的心灵！

全都因为你吻了我一个晚安

你哪里都好，只是无缘到老

你对我来说就像夏天里的蚊子，我希望最好整个夏天都不要被你咬到，
但如果没有被你咬过，又怎么算是过了完整的夏天。
那么，晚安。

我曾经如此用力地爱过你，对你言听计从，对你千依百顺，我的卑微在尘埃里开出了花，又枯萎。

　　我曾经如此执着地爱过你，爱你到昏天黑地，爱你到不管不顾，我爱你到哪怕你朝秦暮楚也依然不肯放手。

　　我曾经如此无望地爱过你，我在尘世跋涉，经过千山万水，只为了给你惊喜，于是结果给了你，过程只是给我。

　　眼泪是黑夜的河流，容颜是白昼的河床，只有我和悲哀被搁浅在岸上。

　　我曾经如此用力地试图忘掉你，我驱逐你的身影，入睡之前，安眠以后。

　　我曾经如此执着地试图忘掉你，我抗拒与你有关的一切，混沌之前，清醒之后。

　　我曾经如此无望地试图忘掉你，可是以后我追逐的每段感情却都有百分之几十的你，寻寻觅觅，你还是占据我梦的二分之一。

　　我知道，你迟早会牵着别人的手，吻着别人的唇，抱着别人入睡，我也迟早会戴着别人给的戒指，穿着别人订的婚纱，挽着别人的手，成为别人的新娘，也许你会在亲吻别人脸庞时突然想起我的模样，我或许也会在依靠别人肩膀时眼前浮现你的笑脸，但这一切都与你我无关了。

你哪里都好，只是无缘到老。

世界上最遥远的距离，不是明明知道彼此相爱却不能在一起，而是明明无法抵挡这股想念却还故意装作丝毫没有把你放在心里。

世界上最遥远的距离，不是明明无法抵挡这股想念却还是故意装作丝毫没有把你放在心里，而是用冷漠的心对爱你的人掘了一条无法跨越的沟渠。

最后，我终会有伴我一生的人，和我一起不拘放肆而笑。我会有了自己的家，家不大不小，还会有几个忘年之交，即使年华老去，我们也能抵掌而谈，抵足而眠，抵眼而欢。而你，终会被我收藏起来，放在回忆里。

也许我们的心事，总是没有读者，也许路开始已错，结果还是错。

我不能保证我们爱情的永恒，但最起码能保证它的真诚。

爱情不是一片树叶，不会一吹就跑掉，所以当你遇到爱情的时候，尽管去逮住它。也不要害怕被爱情拒绝，哪一段青春不会经历伤痛，哪一段爱情不因此而深刻？

我从未说过我喜欢你，可你却贯穿了我的青春年华，无人可以取代。

真正的凋谢，是即使再过一百万个春天，心中的草原也不会再泛起绿意，因为它早已荒芜。

我从没被谁知道，所以也没被谁忘记。在别人的回忆中生活，并不是我的目的。

所以我们就算别离，你也是我这一生中独一无二的回忆。

哪怕会有那么一天，你不再记得，我不再记得，时光一定会替我们记得。最辛苦的不是两地相隔，而是明明相爱，却不敢想未来。

我总是在担心会失去谁。有时我在想，会不会有一个人在担心会失去我。

如果有一天，我变得连自己都不认识自己，请你告诉我，以前的我是怎样的。

只是我没有料到，你成了我的记忆里离我最近的人，你成了在我身边最遥远的人。

那时候，你若是敢在任何时候信我、陪我、懂我、爱我，把我放在心窝里疼，我就敢不顾一切地留在你身边，哪怕最后结果两败俱伤，我也心甘情愿。

别人都说失去了才会懂得珍惜，我一直都很珍惜，可还是失去了你。

有些人一生相见，却无心爱恋；而有些人无缘再见，却一生想念。

你不知道，我最轻浅的念想，不过是和你一起仰望天堂，因为有你在的地方，就是天堂。

一生若是只为自己而活，这毕竟太寂寞。若是有一个我在乎的人在看，那才不枉此生。

愿你我都不要因为也许会改变，就不肯再说那句美丽的誓言；不要因为也许会再分离，就不敢求下一次倾心的相遇。

迟开的花朵更可爱，
美过田野上初绽的蓓蕾。

它们勾起愁绪万千，
使我们的心辗转低回。

正像有时难舍难分的离别，
比甜蜜的相逢更叫人心醉。

爱你的心依旧嫩绿青葱，
可你已不在我的森林

我最不擅长安慰和挽留，所以别难受，也千万别走。
我唯一能做的就是陪在你身边，即使一句话也没有。
那么，晚安。

不管时光如何苍凉，总会有一些人让我如此倾心，总会有一些事念念未老，也总会有一个人与我促成风景。

原来，你给我的那些浅浅的欣喜，已经让我在汩渡中拥有潮起潮落的浮世悲欢，且已知足。而漫长的岁月，总是让我深深体会到四季的繁衍，盛放与寂灭。

你不在，我像丢了玩具的孩子；你不在，我像失去了窝的小鸟；你不在，我像快要燃完的火；你不在，我像丢了魂的行尸走肉。

你不在，我的世界好像下了一场特大的雪，把我的一切变得一片空白，让我不敢睁眼。你不在，我尝试着坚强，可是那该死的回忆在我脑海一直翻腾，针扎一样的心痛。

几个月、几年不算很久，我可以等，只是中间想起那些有你的日子，会让我不知所措。

我初次感觉到一个人在我心中是那么重要，是那么不可缺少，其实在我心里你早已成了我的亲人。

我喜欢静静地看着你，喜欢看着你说话，喜欢看着你吃东西，喜欢看着你对我笑，喜欢看你的每个动作，这一切我感觉是那么的幸福，可是现在我只能看到照片里的你。

我有好多事情，想要说给你听，可是你已经不再我身边。

曾经相遇的美好，总以为那就是一辈子，不曾想也会有分离。就像冬眠的万物，醒来时却只道是曾经。那些说好的不离不弃，早已淹没在时光隧道里，记忆掩埋在这个季节。

我渴望我也能在你的心里，不管什么事都可以跟我说，不管你在哪都会让我知道，我想知道我在你心中是存在的。

长久的时日，天亮了又黑去，想和你一起渡过；漫长的夜晚，隐匿着故事，想和你一起去分享。

在困顿的时候，我站在这里，用坚定的眼神鼓励着你；在苦难的时候，我站在这里，用温暖的心怀安抚着你。

可惜，你已经不在我身边了。

人间四月的芳菲，漫过时光的肩头，我却无心停留抬头用心欣赏，你也一样。冬夏秋凉，转眼春色迷人眼，你就默默跟在我的身后，我去哪儿，你就去哪儿。其实，我知道你在身后，有时就近在咫尺，可我还是没有回头。

我一路哭，你也一路跟。那时年少花开，你微微扬起嘴角，细嗅我遗落的悲伤，你的脚步很轻，你的呼吸很匀，你的心跳却很急促。你没让我发现，但我都清楚地知道。

一片叶子枯萎了就会凋零，整个季节也会跟着进入消迷，而我那颗爱你的心却依旧嫩绿青葱，可你已不在我生长那一片的森林里。

失去一个人的寂寞，是猛虎来辞别曾经爱过的蔷薇，既然心疼又无奈。及至真的再爱一次，才发现快雪初晴后的天气亦是明媚，哪有一生只能爱一次的。

一个人若失去挚爱，她就会变得比烟花还寂寞。

多少的思念，写出了文章百篇，多少的愁绪，积累成孤枕难眠，却依然没能把你呼唤回来。

美好的过去，感动了我自己，却没能感动你，任凭我思来念去，任凭我站在初识的地点兜圈，你依然站在那边静默不语。

公园、房子里、走过的街道上，生活里到处都是你的气息。在没有你的世界里，我迷失了方向，未来渺茫，不知该走向何方。

当爱一个人已成习惯，你不在的时候，我又该去如何戒掉你？

最温暖的情话莫过于一句"有我在呢"，最坚实的依靠莫过于你一个肯定的眼神，最牢固的堡垒莫过于黑夜里身后你给的怀抱，最深沉的爱意都藏在心口，不需要太多言语将其述说。

可是我却有那么多，那么多的话语想要和你细说。

茫茫人海，我寻不到你的踪迹；熙熙攘攘，我听不到你的声音。大千世界，难道我注定会错过你，频频回首，曾经的美好都酿成了今日的伤。

苍白的等待，只因为你已经放弃了曾经的誓言？空虚的爱情，只因为你已经忘记了曾经的美好？

生命的悲伤，总有一行泪水缘于深爱，你是我今生无法泅渡的沧海；原来我从未习惯，你已不在我身旁！

我不敢说出你的名字，

假如有人问我烦忧的原因，

我说是遥远的海的怀念，

我说是寂默的秋的悒郁。

我们在匆匆的时光里，
错过了最美的花期

所谓爱情，往往就在转身的一瞬间才忽而发现，

爱，就是因为回头多看的那一眼。

而我和你之间，也许就差了谁的一个回头。

那么，晚安。

当你喜欢我的时候，我不喜欢你；当你爱上我的时候，我喜欢上你；当你离开我的时候，我却爱上你。是你走得太快，还是我跟不上你的脚步？

我们错过了诺亚方舟，错过了泰坦尼克号，错过了一切惊险与不惊险，我们还要继续错过。

只是我怎么都不明白，在这匆匆时光里，是如何无端端地错过了花期？

总以为，那些散落的芬芳，是爱的流转，是对华年最美的铭记。直到眉宇间，再也寻不见一丝青春的痕迹，才知晓，过往许多纯净的恩宠，都还给了流年。

我怀念一路和你看到的风景，尽管我们都已走散。

是你让我懂得回忆，让我明白，爱真的很单薄，誓言很轻，风一吹，我们就走散了。

其实这世上，爱和被爱都不难遇见，难的，是遇见合而为一的相爱。就像张爱玲所说，"也许你很幸福，因为找到了另一个适合自己的人，也许你不幸福，因为可能你这一生就只有那个人真正用心在你身上，而你们却注定要错过。"

想一想，这世上究竟有多少人，因为害怕拒绝而不敢伸出双手？又有多少人，因为不愿主动而错过了爱情？这其中，就包括我和你。

我曾经多么希望，我们的爱情能够经得起光阴的濯洗，时光多姿多彩，你却不言不语，默默地陪伴着我的烟火流年，从心动，到古稀。

是你让我明白，爱情，既是在异性世界中的探险，带来发现的惊喜，也是在某个异性身边的定居，带来家园的安宁。但探险不是猎奇，定居也不是占有。

是你让我明白，好的爱情，一定是双方以自由为最高赠礼的洒脱，以及绝不滥用这一份自由的珍惜。

我曾经多么希望，我们在二字当头的年纪相知相恋，牵着彼此的手兑现了几十载相守不弃的诺言。

我也曾撒娇似的对你说，"亲爱的，到了此生的最后你一定不能比我先走，没了你的我不知该如何好好走完这最后的路途"。

在你面前，我一直都是个不懂事的孩子，常常惹你生气害你费神。可是在每个重要、危急的当头，你都会第一时间出现在我身边，轻轻地抱住我说：别担心，有我在。

思念你的时候，你是催泪剂，比洋葱还管用；有你在的时候，你是小太阳，温暖了我心里的每一个春夏秋冬。

喜欢一个人，就该为他去做出改变。感谢老天让我遇见你，才成就了如今越来越优秀的自己。

一直以为，最美好的陪伴，是"时光不老，我们不散"。可是，红尘喧嚣，几多过客，几人珍惜？

我也不知道，到底是我们不懂得彼此珍惜，还是缘分本就只有这么一段路的旅程。

那时，我们都一直以为会永远相伴走下去，后来才发现，那些交集过的眼神、相拥过的表情、倾心过的时刻，都属于了另一个名字——曾经。

情感的国度里，爱有很多种。有的爱，是两个人在一起相濡以沫；有的爱，却不能天长地久地厮守；有的爱，只能隔一段距离相望。

相濡以沫的爱，请努力经营，不要轻言放弃；不能相守的爱，就珍惜彼此一起走过的路程；隔一段距离的爱，就让它藏在心里，丰润内心。

其实，爱，不过是走过所有的错失与遗憾，最终遇到那个对的人。无论我们停留在生命里哪一个阶段，都应该尽情去欣赏那一处风景。沿途一起同行的人越来越少了，也显得越来越重要。

我和你在各自的人生舞台上演绎着自己的故事，我们抱着各自的遗憾在未知的路上走着，我们抱着对彼此的感激在各自追寻幸福的路上坚强地摸索。

有一种爱，不是每天都挂在嘴边，而是埋在心底的最深处，一直没人知道；有一种距离，当走远后，就再也走不到一起；有一种感情，虽然短暂却刻骨铭心，并且一生只有一次，永远都不会改变。

终有一天，我们想要的幸福会在现实中开花。到那时，我们不再说再见，只默念晚安。

那辜负了的，岂仅是迟迟的春日？
那忘记了的，又岂仅是你我的面容？

那奔腾着向眼前涌来的，
是尘封的日尘封的夜、尘封的华年和秋草。

那低首敛眉徐徐退去的，
是无声的歌，无字的诗稿。

梦里出现的人，
醒来时就该去见他

有人说，当一个人失眠时，就会出现在另一个人的梦里，
那么昨夜的我究竟出现在了谁的梦里？
那么，晚安。

梦见你要来看我，下午两点落地的飞机，从早上八点就开始紧张分分，洗头洗了五遍，化妆怎么化都不满意，衣柜里没有一件觉得好看的衣服，对着镜子越看自己越想哭。

时间越来越接近两点，心脏像一颗炮弹即将破膛而出。

挣扎着醒来，一动不动的看着天花板，我想如果这都不算爱过，还有什么好说。

那么一声轻轻的问候，就剥落了所有刻意伪装的坚强。那微笑的伪装顷刻间烟消云散，那个一直埋葬在心底的名字，刺痛了记忆，模糊了双眼。

原来，有许多事情，一直都不曾忘记；只是被记忆封存，放在心的最深角落，自己不去想起，却也不让外人触及。只是，偶尔的梦见，却还是格外的心痛。

以前梦见你很开心，醒了想见你。如今梦见你一样开心，醒了却无奈告诉自己，无论醒或不醒，你都是场梦。

我梦见的爱情，是你离我那么近，但我仅能做的，是一语不发。

然后，我在天亮的时候时醒来，不渴望热汤暖饭，不渴望柠檬淡水，不渴望37度的拥抱，不渴望你带着胡茬的嘴。我只想见见你，

只想见见你，仅此而已。

因为在晚上梦见了你，所以在早上醒来时，思念像疯了一样占据了所有的思维。

原来，想一个人的时候，觉得文字太无力，多加一个符号，少加一个符号，双方都可能会错意。

原来，想一个人的时候，觉得语音消息太单薄，两个人你一句我一句，就像是按部就班的游戏。

原来，想一个人的时候，单纯电话交流又太尴尬，看不见对方此时的表情，就不知道此刻他是悲是喜。白己当下的所有举动，却全都便宜了周边人。

原来，想一个人的时候，好像做什么都不好，除了去见你，怎么怎么都不行。

想一个人的时候，能听到秒针抖动的声音。秒针每抖六十下，就为分针的前进贡献了自己的努力。

我也想当你的秒针，你的每一次进步，也都能感到我的用心。

"想"和"想起"是两件事，想是持续而稳定的状态，而想起是一闪而过的念头。

我不停地想你，好怕你对我只是突然想起。

所以我觉得，梦里见到的人，醒来就该去相见。

总有些这样的时候，正是为了爱，才悄悄躲开。躲开的是身影，躲不开的却是那份，默默的情怀。月光下踯躅，睡梦里徘徊，感情上的事情，常常，说不明白。

不是不想爱，不是不去爱，怕只怕，爱也是一种伤害。

我们都希望被爱，我们都害怕被伤害。不同之处不过是，你更渴望被爱所以忍受伤害，而我更恐惧伤害所以拒绝去爱。

虽然每天都期待着你从天而降，但是我知道那只是我的梦。我一边相信自己可以慢慢放下你，一边又意犹未尽地想着你。

我期待我的心里能有一个这样的迷宫，期待你一直迷失在里面。偶尔出来陪我看皎洁的月色，看你在夜幕里的眼神明灭，捕捉你嘴角的微笑，然后收藏进我积满阳光的玻璃瓶里。

只是，我不知道，我会不会也住在你的心里。

我在有你的梦里安静地睡了，我梦见你在向我赶来，梦见你身骑白马出现在我的面前。

当我对生活感到厌倦的时候，当我因为太想念你而变得盲目失措的时候，我就会在梦里去见你。我会梦见你在世界的某个地方幸福地生活着，梦见你有相爱的人，有温馨的家，我就愿意忍受一切。

　　你的存在，对我很重要。

　　后来的后来，一切都变了，你不再年轻，我也是。你渐渐有了自己的生活，我也是。镜头前、电视屏幕前再也没有你，可手机屏幕依然是你。

　　最初闯入我眼眶的是你最美好最闪耀的样子，是我珍重刻在心底的样子，不论时光变迁，你永远都还是那个样子。

图书在版编目（CIP）数据

全都因为你吻了我一个晚安 / 宁待著. — 北京 : 现代
出版社，2016.5
ISBN 978-7-5143-4391-5

Ⅰ.①全…　Ⅱ.①宁…　Ⅲ.①散文集 – 中国 – 当代
Ⅳ. ①I267

中国版本图书馆 CIP 数据核字（2015）第 308748 号

全都因为你吻了我一个晚安

著　　者	宁　待
责任编辑	赵海燕
出版发行	现代出版社
通讯地址	北京市安定门外安华里 504 号
邮政编码	100011
电　　话	010-64267325　64245264（传真）
网　　址	www.1980xd.com
电子邮箱	xiandai@vip.sina.com
印　　刷	长春吉广控股有限公司
开　　本	880×1230　1/32
印　　张	8
版　　次	2016 年 5 月第 1 版　2016 年 5 月第 1 次印刷
书　　号	ISBN 978-7-5143-4391-5
定　　价	38.00 元